# WANTED!

슬레이어즈 3
## 사일라그의 요마

엄청난 공격력! 숲의 땅은 크게 파였고,
그 중심에는 하나의 붉은 그림자가 우뚝 서 있었다.

무··· 무슨 짓을···

뜨거운 충격이 온몸을 엄습했다

3 사일라그의 요마

HAJIME KANZAKA **칸자카 하지메**

일러스트 | 아라이즈미 루이

번역 | 김영종

# 목 차

## 1. 이 얼굴을 안다면 덤벼라

흰 칼날이 오후의 빛을 반사했고, 은색 갑옷이 마른 쇳소리를 냈다.

나와 길동무인 가우리는 동시에 깊은 한숨을 쉬었다.

두 사람 앞을 가로막은 완전 무장한 병사들.

그 숫자는 대략 열 명.

"드디어 발견했다, 이 악당들!"

리더로 보이는 남자가 우리를 가리키며 큰 소리를 질렀다.

후유우….

오늘 우리들을 혼내주러 온 다섯 번째의 용사 일행이다.

"대죄인 리나 인버스! 가우리 가브리에프! 너희들의 악행도 오늘로 끝이다!"

그래…. 좋을 대로 지껄이라고….

나는 바람에 망토를 나부끼며 '용사님'의 말을 흘려들었다.

반론은 소용없었다. 왜냐하면 그들은 우리가 극악무도한 악당 중의 악당이라고 믿어 의심치 않았기 때문이다.

이 말도 안 되는 상황은 며칠 전부터 시작되었다….

정신이 들었을 때 나는 붙잡혀 있었다.

음, 꼼꼼히도 묶어놨군.

아직 몽롱한 머리로 멍하니 생각했다.

손발은 철저히 꽁꽁 묶여 있었고 친절하게도 재갈까지 물려 있었다.

뺨에 느껴지는 차가운 바닥의 감촉이 뭐라 할 것도 없이 기분 좋았지만 퀴퀴하고 눅눅한 냄새는 그리 마음에 들지 않았다.

아무래도 여기는 창고인 것 같다.

눈길을 돌리자 입구 쪽에 두 남자가 보였다. 보초를 서고 있는 것이리라. 무기 대신 곤봉 같은 걸 들고 서 있지만 슬플 정도로 폼이 나지 않았다.

"정신이 들었어? 리나."

부르는 소리에 다시 시선을 돌리자 그곳에 한 남자가 쓰러져 있었다.

마찬가지로 검을 빼앗기고 손발이 밧줄에 묶여 있었지만 재갈이 물려 있지 않다는 것이 나와 다른 점.

가우리.

금발의 터프한 핸섬 보이로, 검의 실력은 초일류지만 지능은 좀비 이하(조금 말이 지나쳤나?).

후후후. 녀석도 역시 나와 마찬가지로 붙잡혔던 게야.

붙잡….

뭐?!

우아아! 잘 생각해보니 느긋해할 상황이 아니잖아!

"우웁읍읍! 우웁!"

나는 당황해서 날뛰기 시작했다. 하지만 어지간히 꼼꼼하게 묶어놨는지 애벌레처럼 꿈틀거리는 것이 고작이었다.

"오, 여자 쪽도 정신이 든 모양인데?"

보초 A가 말했다.

"아…, 그렇군."

미미하게 떨리는 목소리로 대답하는 보초 B. 힐끔 이쪽을 바라본다.

"하지만… 그렇게 대단해 보이지는 않는데?"

"그게 무서운 점이야. 겉모습에 속아 방심했다가… 당할 수도 있어."

뭔지 모를 말들을 짐짓 아는 척 지껄이는 보초 A. 그 말에 깊이 수긍하는 보초 B.

"그런데 거기 두 사람."

갑자기 들려온 목소리에 두 사람은 움찔 몸을 떨고 허둥지둥하더니, 말을 한 사람… 즉 가우리 쪽으로 시선을 돌렸다.

"대체 어찌 된 사연인지 설명해줬으면 좋겠는데."

자신이 처한 상황을 아는지 모르는지 그는 유유자적한 말투로 물었다.

보초들은 잠시 겁먹은 시선으로 물끄러미 가우리를 바라보았지만, 이윽고 A가 말문을 열었다.

"흐… 흥! 무슨 소리야! 아무리 시치미를 떼도 소용없다!"

또 영문 모를 소리를….

"이… 이봐, 내버려둬, 저런 녀석…."

"그래…. 그도 그렇군…."

보초 B의 제지에 A도 입을 다물었다.

내가 말만 할 수 있다면 세 치 혀로 사정을 알아내는 정도는 식은 죽 먹기인데.

"하지만…."

보초 A가 작게 중얼거렸다. 그 시선은 어느 틈엔가 내 쪽을 향하고 있었다.

그런데…. 자… 잠깐! 뭐야! 그 엉큼한 시선은?!

"이 여자를 그대로 위에 넘기기가 조금 아깝다는 생각 안 들어?"

역시나!

나처럼 사랑스러운 미소녀를 보고 마음이 동하는 상황이 이해가 가지 않는 것도 아니지만, 나에게 있어선 성가신 일….

아니, 잠깐! 위에 넘긴다고?!

분명 난 '도적 킬러'니 '명부의 왕'이니 하는 영문을 알 수 없는 별명으로 불리기도 하지만, 그건 나를 겁내는 악당들이 붙인 별명일 뿐….

결코 이런 취급을 당할 이유가 없는데.

아니, 잠깐. 어쩌면….

가우리!

마음씨 좋고 태평한 남자지만 어떤 실수로 수배를 받고 있을지도 모른다. 생각해보면 함께 여행을 시작한 것도 겨우 몇 개월 전의 일, 그전에는 대체 어떤 삶을 살아왔는지 거의 알지 못한다. 그 역시 자신에 대한 것을 스스로 밝힌 적은 없었고.

그렇다면 나를 만나기 전에 무언가 사고를 쳤다고 해도 이상하진 않다. 그렇다면 이 모든 일은 가우리 때문일지도 모른다. 으음. 그래. 그럴 거야. 그게 틀림없어.

그렇게 단정 짓고 그에게 시선을 돌리자 그 역시 도끼눈으로 나를 물끄러미 쳐다보고 있는 것이 아닌가!

'이번엔 또 무슨 짓을 저지른 거야? 너…!'

그 눈은 여실히 그렇게 말하고 있었다.

흑흑… 너무해. 나를 그런 눈으로 보다니….

재갈이 물려 있어서 그런 연기도 불가능.

어쨌거나 가우리 쪽에도 짚이는 바가 없다는 것만은 확실하다.

"아… 아깝다니…. 설마…."

보초 A가 한 말의 의미를 이해하지 못하고 잠시 명해 있던 B는 떨리는 목소리로 말했다.

"위에 넘기더라도 어차피 그 후엔 교수형을 당하든지 어떻게 될 테니까, 여기서 내가 어떻게 한다고 해도 별 탈 없을 거야."

별 탈 있어!

아무래도 우리들을 무슨 지명 수배범으로 잘못 알고 붙잡은 것

같은데, 실컷 엉큼한 짓 해놓고 사람 잘못 봤다고 변명해봤자 때
는 이미 늦은 일이다.

"하지만… 역시 그건 좀…."

어떻게든 말리려는 B. 나에게 겁을 먹었기 때문인 것 같지만 어
쨌든 말려주지 않으면 나로선 매우 난처하다. 지지 마라! B! 힘내
라, B! A를 저지해야 한다!

"그게 무슨 마음 약한 소리야? 그럼 넌 여기서 보고 있어. 내게
만약 일이 생긴다면 네가 저 여자를 죽이면 되니까."

"그… 그런가…?"

그런가…… 가 아냐! 네가 밀리면 어떡해! 좀 더 강하게 나가야
지!

"그리고 나도 이 여자의 밧줄이나 재갈을 풀 생각은 없어. 그대
로 옷만 벗겨서 할 생각이야. 그렇게 하면 아무 일 없겠지?"

"그… 그건 그렇군. 그렇다면 나도…."

잠깐, 너.

함께 엉큼한 미소를 띠면 어떡해! 이봐! 다가오지 마!

이리저리 몸부림치는 나를 가볍게 제압하고 손을 대는 A.

속도나 기술이라면 몰라도 순수한 힘 싸움이 되면 나는 약하다.

물론 전사이자 마법사인 나는 주문만 쓸 수 있다면 어떻게든 되
지만, 재갈이 물려 있으니 아무리 나라도 어쩔 도리가 없다.

"원망 마라. 너희들도 이것보다 훨씬 심한 짓을 했었잖아."

안 했다니깐!

"자… 그럼…."

남자의 팔이 서서히 뻗어왔다.

"그쯤 해두지그래."

구원의 손길은 다른 곳에서 왔다.

가우리!

두 보초는 그가 발산하는 '기'에 압도되어 얼떨결에 반 발짝 물러섰다.

"그녀에게 손을 대지 마라. 그렇지 않으면…."

오거(Ogre)라도 도망치게 만들 듯한 눈초리로 두 사람을 노려보는 가우리.

만약….

두 사람이 그에게 압도되어 물러선다면 다행이지만, 만에 하나 그렇지 않으면 나는….

가우리가 두 사람을 '설득'할 수 있을 거라곤 생각되지 않는데….

잠시 동안의 침묵. 그리고….

"헷."

보초 A의 웃음이 내 마지막 희망을 깨뜨렸다.

아아! 불쌍한 리나 인버스!

결국 남자들의 마수에 걸려드는 건가!

지금은 영문 모를 분위기나 잡을 때가 아닌가…? 어쨌든 싫어. 싫다고!

"그… 그런 말로 위협해도 소용없다!"

목소리가 꽤 떨리고 있어, 너.

"그렇게 꽁꽁 묶인 상태에서 대체 뭘 할 수 있겠어? 말해봐! 이 여자에게 손을 대면 어떻게 되는지?!"

"다시 한번 말하지. 그녀에게 손을 대지 마라. 손을 대면….."

"손을 대면?"

가우리는 조용한 어조로, 하지만 딱 부러지게 말했다.

"병이 옮는다."

# 콰드득.

방 안이 소리를 내며 얼어붙었다….

두 남자는 잠시 경직되어 있었지만 이윽고 천천히 내 쪽으로 고개를 돌렸다.

사사사사사삭!

황급히 물러나는 A와 B.

어처구니없다는 표정의 나.

"역…."

A는 어색한 미소를 띠고 어색하게 고개를 B 쪽으로 돌렸다.

"역시 절조 없이 손을 대는 건 안 좋은 것 같아."

"그… 그렇고말고. 그 말이 맞아."

핫핫핫핫….

메마른 웃음.

두 사람은 잠시 서로의 얼굴을 바라보더니 동시에 큰 한숨을 쉬었다.

"이봐, 보초는 밖에서 서는 게 좋겠어."

"그… 그렇군. 같은 방에 있다가 병이 옮으면 곤란하니…."

이봐….

두 사람은 내 쪽을 힐끔힐끔 돌아보더니 이윽고 하나밖에 없는 문을 통해 나갔다.

"후유, 겨우 내보냈군."

가우리가 말했다.

힐끔!

나는 노려본 후 엉금엉금 기어서 말없이 그에게 다가갔다.

가우리의 표정이 굳어졌다.

"아… 아니, 저기, 그 경우 그게 최선의 수단이라고 생각했는데 …."

엉금엉금.

"어쨌거나 무사해서… 이봐… 기다려! 잠깐 기다려!"

## 퍼억!

내 양발을 이용한 킥이 정확히 가우리의 안면에 작렬했다.

"하지만… 아무리 그래도 갑자기 차는 건 좀 심하잖아…."

내 재갈을 이로 풀어주면서 가우리가 말했다.

"푸아…. 뭐야! 좀 더 나은 구실은 없었어?! 그래선 완전히 내가…. 투덜투덜투덜….."

"어쩔 수 없잖아. 아니면 그냥 내 눈앞에서 놈들에게 당하는 게 좋았던 거야?"

"우… 그… 그건…."

나는 말문이 막혔다.

"그렇지?"

"그… 그야 뭐 분명…. 흥! 그래. 이번엔 내가 잘못한 셈 칠게!"

드물게도 나는 순순히 사과했다.

"또 삐졌군. 넌 대체 어떤 환경에서 자란 거야?"

"시끄러워…! 어쨌거나 지금은 이 상황을 어떻게든 해결하는 게 우선이야! 뭐, 주문만 쓸 수 있으면 어떻게든 되지만…."

그렇게 말하고 나는 주문을 외웠다. 물론 밖에 있는 보초들이 눈치채면 곤란하므로 지금까지의 대화와 마찬가지로 작은 소리였지만.

"브람 팡[風牙斬]!"

이 주문은 바람의 화살을 쏘아 표적을 베는 마법이다.

그리 큰 위력은 없고 기껏해야 상대의 피부를 가볍게 베는 정도이므로, 상대가 가죽 갑옷 같은 걸 온몸에 두르고 있으면 대미지는 거의 주지 못한다.

어느 마을에서 여성 마법사들에게 치한 격퇴용으로 가르쳐준 적이 있는데, 딱 그 정도의 마법이라고 보면 될 것이다.

하지만 여러 발을 한 곳에 집중시키면 두꺼운 밧줄을 자를 정도의 위력은 된다.

밧줄이 풀린 가우리가 내 밧줄을 풀어주었다.

그는 우둑우둑 소리를 내며 어깨를 풀더니….

"먼저 검부터 찾아야겠군."

나도 검은 망토를 펄럭이며 조용히 일어섰다.

"그래. 그리고 사정 설명을 들어야겠어."


우리들이 이 마을에 도착한 것은 석양이 산 끝자락에 걸려 있을 무렵이었다.

두 사람을 기다리고 있던 것은… 마을 사람들의 적의와 경계에 찬 시선.

우리는 그 점을 별로 신경 쓰지는 않았다.

두 사람이 정처 없이 걸었던 〈매의 가도〉는 겨우 5년 전에 개통되었다.

그때까지 '외지 사람을 보면 도둑이라고 생각하라'는 폐쇄적인 환경에 익숙했던 작은 마을이 갑자기 태도를 바꾸어 여행자들을 친절하게 대할 리는 없었다.

이 마을도 그런 것이리라 생각하고 일단 밤이슬을 피하기 위해 두 채뿐인 여관 중 하나에 방을 잡았는데….

제공된 저녁을 몇 입 먹은 순간 강렬한 졸음이 밀려왔고….

다시 정신을 차렸을 때에는 붙잡혀 있었다.

"자, 설명해 주실까. 어째서 우리들에게 그런 짓을 했는지. 아… 큰 소리는 내지 마. 그랬다간….."

나는 가우리가 뒤쪽에서 붙잡고 있는 남자에게 얼굴을 들이밀고 위협해 보였다.

"으아아악. 용… 용서해주세요! 제발 목숨만은!"

한심한 소리를 내는 보초 A.

보초 B는 문 앞에 쓰러져 있는 상태였다.

가우리가 뒤쪽에서 목덜미를 손가락으로 쿡 찌르기만 했을 뿐인데도 그렇게 된 것이다.

"이봐. 그렇게 겁내지 않아도 돼."

뒤쪽에서 보초 A의 팔을 꽉 조이면서 아이를 타이르는 듯한 말투로 말하는 가우리.

"다른 한 사람도 정신을 잃었을 뿐 죽지는 않았으니까."

한밤중이었다.

하늘에 가득한 별과 바늘처럼 가는 달이 주위를 흐릿하게 밝히고 있다. 역시 우리들이 갇혀 있던 곳은 마을 변두리에 있는 낡은 창고였다.

이미 다른 마을 사람들은 한참 전에 잠들었는지 늘어선 집들엔 불빛이 하나도 없었고, 그저 어둑어둑한 윤곽만이 흐릿한 별빛 아래에 드러나 보였다.

물론 주위에 사람의 기척은 없었다.

"자, 어째서 우리들을 붙잡은 거지?"

"어… 어째서라니…. 너희들은 엄연한 현상 수배범이잖아!"

"?!"

나와 가우리는 무심코 얼굴을 마주 보았다.

"아마 사람을 잘못 보았을 거야. 나는 리나 인버스. 그리고 이 사람이…."

"가… 가우리 가브리에프인지 뭔지 하는 이름이겠지…."

A의 말에 나와 가우리는 다시 얼굴을 마주 보았다.

그렇다면 우리들을 사칭하고 나쁜 짓을 하는 못된 녀석이 어딘 가에 있다든지, 혹은 어딘가의 악당이 우리들 두 사람의 목에 현 상금을 걸었다든지….

어쨌거나 그냥 두고 볼 수는 없는 상황이라는 말인데.

"대체 어디 사는 누구야? 우리들에게 현상금을 건 게."

"모… 몰라. 수배서가 와서 산 채로 붙잡아야만 현상금을 준다 고…."

산 채로 붙잡아야만?

이것 또한 이상한 이야기다.

나와 가우리 두 사람을 산 채로 붙잡아서 득이 될 만한 인물이 과연 어디에 있을지….

어쨌거나 이 일에 관해선 더 이상 이 남자에게 물어봤자 소용없 을 듯하다.

나는 질문을 바꾸기로 했다.

"그럼… 우리들에게서 **뺏은 검**은 지금 어디에 있지?"

"초… 촌장의 집에 있을 거야. 아마도…."

어지간히 겁을 먹었는지 남자는 알고 있는 대로 털어놓았다.

"그럼 그 촌장의 집은 어디지?"

그는 다시 고분고분 내 질문에 대답했다.

만약 우리들이 정말 흉악범이라면 촌장의 목숨도 위태로워질 텐데, 지금 이 남자의 머릿속에는 자신의 안위만이 전부인 듯했다.

흔히 있는 '약자에겐 강하지만 강자에겐 약한 이기적인 인간' 타입이었다.

"흠, 이걸로 대충은 알았어. 그럼 가자, 가우리."

"응."

대답과 동시에 그는 남자의 몸을 풀어주고 그 목줄기를 손가락으로 가볍게 쿡 찔렀다.

그것만으로도 남자는 정신을 잃었다.

밤하늘 아래에 두 남자를 남겨놓은 채 우리들은 촌장의 집으로 향했다.


"쉿…."

"부디 큰 소리는 내지 마시길."

노인은 갑작스러운 방문자들을 보고도 그리 놀란 기색도 없이 침침한 등불 빛이 비추는 가운데 조용히 침대에서 상체를 일으켜 세웠다.

"당신들이었군…."

마치 이 일을 예상이라도 한 듯한 어조.

오히려 우리 쪽이 당황할 수밖에 없었다.

"검을… 돌려주실 수 있나요?"

엉겁결에 경어를 쓴 나에게 노인은 너무나 선선히 고개를 끄덕였다.

"거기 선반 위에 있네. 가지고 가게."

가우리는 그곳으로 손을 뻗어(어차피 나는 손이 닿지 않는다) 목적하는 물건을 찾아냈다.

"하지만… 왜지요?"

"당신들이 왔다는 말을 듣고 여관 주인에게 약을 타도록 지시한 것은 분명 나일세. 하지만 잠든 당신들을 보고 문득 생각했지. 이건 무언가 착오가 아닐까 하는…."

착오가 맞다니깐.

"아무리 봐도 당신들은 악당으로는 보이지 않았어. 물론 세간에는 생긴 것과는 달리 나쁜 짓을 하는 녀석들도 있긴 하네. 하지만 그런 녀석들은 반드시 그런 냄새가 나는 법이야. 하지만 당신들에겐 그것이 없었지."

"그렇다면 그렇다고 마을 사람들에게 한마디 해주실 것이지……."

노인은 조용히 고개를 저었다.

"젊은이, 검이 있던 선반 아래의 가장 큰 서랍에서… 그래. 그거야. 그곳에 들어 있는 종잇조각을 꺼내서 보게."

우리들은 가우리가 장로에게 건넨 그것을 등불에 비추어 보았다.

"!"

"이것은….."

그것은 틀림없는 우리들의 수배서였다.

수배서에 실린 세 사람의 사진 아래쪽에 터무니없는 금액의 현상금이 적혀 있었다.

한 나라의 왕을 죽이고 도망쳤다고 해도 이 정도의 금액은 걸지 않을 것이다.

그리고 그 위에 있는 초상화.

방금 살인을 하고 온 듯 흉악무도한 인상으로 그려져 있긴 하지만 그것은 틀림없이 나와 가우리의 얼굴이었다. 적혀 있는 이름도 분명 리나 인버스와 가우리 가브리에프.

하지만 무엇보다도 우리들이 놀란 것은 함께 그려져 있는 세 번째 인물이었다.

이 세 사람이 관련된 사건이라고 하면 그 일밖에 없는데… 설마….

"이… 이봐, 리나. 이 녀석은….."

가우리가 수배서에 실린 제3의 인물을 가리키며 말했다.

"어디선가 본 적 없어?"

털썩.

나는 힘없이 추욱 늘어졌다.

"너 말야… 이렇게 특징이 뚜렷한 사람의 얼굴을 어떻게 잊을 수 있는 거야?!"

"문제는 그 상금의 금액일세."

촌장이 말했다.

"이만한 돈이 있다면 올겨울은 편하게 보낼 수 있다고 즐거워하는 마을 사람들에게 '뭔가 착오 같으니 놓아주자'고 어떻게 말할 수 있겠나."

그렇긴 하다.

"그리고 또 하나, 그 현상금을 건 인물이 헛소문을 낼 만한 인물이 아니라서 말이지. 직접 아는 사이는 아니지만 고결한 인물로 알려져 있거든."

"알고 계시나요? 누가 이 현상금을 걸었는지?!"

기세등등하게 묻는 나에게 장로는 고개를 끄덕였다.

"현대의 성인으로 이름 높은… 당신들도 이름 정도는 들은 적이 있을 거야. 유랑의 고승 적법사 레조 님. 어디 짚이는 데 없나?"

설명을 할 필요가 있을 것이다.

하지만 그 사건을 있는 그대로 요약하면 너무나 규모가 커서 허풍으로 취급받을 우려가 있다.

나도 만약 다른 사람에게서 그런 이야기를 듣는다면 믿지 못할 테니까.

그래서 믿을 만한 부분만을 요약해서 설명하자 대충 이렇게 되었다.

2개월 전쯤… 마침 내가 가우리와 처음 만났을 무렵이다.

우연한 일로 어느 물건을 손에 넣었는데 그것을 노리는 일당과 정면으로 충돌하게 되었다.

세간에는 성인군자로 통하는 적법사 레조와 당시 그 부하였던 제르가디스라는 이름의 마법 전사.

수배서에 있던 세 번째의 초상화. 그것은 틀림없는 그 제르가디스였다.

여러 번의 공방 끝에 제르가디스는 레조를 배신했지만 정작 그 물건은 레조의 손에 떨어지고 말았다.

그로 인해 적법사는 마성을 드러냈고 나와 가우리, 제르가디스는 셋이서 간신히 그를 물리쳤다.

그렇다. 레조는 이미 죽었어야 했다.

"촌장님, 그렇다면 이미 이 수배서엔 효력이 없어요."

나는 말했다.

"물론 처음부터 뭔가 착오였겠지만… 적법사 레조는 2개월 전쯤 죽었다고 하니까요."

물론 우리들이 죽였다고는 말하지 않았다. 그런 말을 하면 이야기가 복잡해질 뿐이니까.

그 말을 듣고 촌장은 의아한 얼굴을 했다.

"그건 좀 이상하군. 당신들이 무언가 잘못 알고 있는 것이겠지.

관리가 이 수배서를 가지고 온 것은 불과 1주일 전쯤일세. 듣자하니 이 수배서가 제작된 것은 겨우 반달 전쯤의 일이라고 하더군."

반달 전?

다시 얼굴을 마주 보는 나와 가우리.

그럴 리가 없다.

"그, 그렇다면 촌장님. 그 적법사가 지금 어디에 있는지 알고 계신가요?"

노인은 천천히 고개를 저었다.

"글쎄. 그것까지는…. 하지만 당신들이 정말로 하늘을 우러러 아무런 잘못이 없다면 서쪽에 있는 크림존 마을에 가보게. 현상금을 지급한다는 마을이니까 무언가 자세한 이야기도 들을 수 있겠지. 그리고 적법사와 이야기를 해서 오해를 푸는 게 좋을 거야."

오해니 뭐니 하는 이야기는 아니지만 나는 고개를 끄덕였다.

"오해에서는… 슬픔밖에 생기지 않는다네."

그렇게 말하고 노인은 아련한 눈으로 크게 한숨을 쉬었다.

이 사람도 과거에 여러 가지 일들이 있었구나…. 분명….

문득 그런 생각이 머리를 스쳤다.

"그럼 노인장."

조용한 어조로 말하는 가우리.

이런 말씨를 쓰면 이 남자도 정상으로 보이는 것이 신기하다.

"그리 오래 있을 처지가 아니므로 저희들은 이만 실례하겠습니다."

"음…."

노인은 작게 고개를 끄덕였다.


그리고 두 사람은 잠든 마을을 뒤로했다.


"하지만 대체 어떻게 된 거지? 가우리."

하룻밤이 지나서 다음 날 오후, 결국 우리들은 밤중에 마을을 빠져나와 노숙을 했다.

지금은 조금 늦은 아침 식사를 마치고서 크림존 타운으로 향하고 있는 중이다.

"적법사 레조가 살아 있다는 이야기 말야?"

나는 고개를 끄덕였다.

"여러 가지 경우를 생각해볼 수 있겠지."

그렇게 말하고 팔짱을 끼는 가우리.

나는 가우리의 뒤쪽에서 걸으면서 그의 다음 말을 기다렸다.

끝없이 이어진 돌바닥의 가도.

멀리 보이는 푸른 산봉우리.

초원에 불어오는 조용한 바람.

어디에선가 들려오는 새소리.

이봐.

"가우리… 너 아무 생각도 않고 있지?"

"아니, 그게."

멋쩍은 미소를 띠면서 그는 머리를 긁적였다.

'아니, 그게' 할 때가 아니야.

"참 나…. 조금은 뭐라도 생각하지 않으면 머지않아 뇌세포가 타르타르 소스가 되어버릴 거야!"

"뭐야… 그 '타르타르 소스'라는 건…?"

"어쨌거나 여러 가지 경우를 생각할 수 있긴 해. 먼저 가장 그럴 듯한 건, 레조의 부하 중 누군가가 복수를 하기 위해 그의 이름을 사칭하고 있다고 보는 게 옳을 거야.

아마 이 경우, 복수보다는 '레조를 죽인 녀석들을 해치워서 이름을 날려보자'는 것이 목적일 테니까 자기 손으로 해치우지 않으면 의미가 없겠지. 그래서 수배서에 '산 채로'라는 조건을 붙인 거야.

그다음은 단순한 연락 착오. 그 사건으로 내가 제르가디스와 함께 도망친 후 너와 다시 만날 때까지 며칠 동안 공백이 있었는데, 그때 레조가 부하 한 사람에게 우리들을 수배하도록 지시한 거야. 그런데 뭔가 착오가 생겨 그것이 공표되는 것이 두 달 정도 늦어진 거지.

다만 이 경우라면 우리들을 산 채로 잡아도 의미가 없지만…."

"그것 말고 하나 더 있어."

가우리가 진지한 얼굴로 조용히 말했다.

나는 무심코 얼굴을 찌푸렸다.

알고 있었다.

또 한 가지의 가능성이 무엇인지.

하지만 그것은 가장 바람직하지 않은 가능성이었다. 즉….

적법사 레조가 정말로 살아 있다는 것.

나는 하늘을 올려다보았다.

"만약 그렇다면…."

구름 한 점 없는 푸른 하늘을 향해 나는 작게 중얼거렸다.

"이번엔 이길 수 없어."


그렇게 폼을 잡긴 했지만 결국 지금 해야 하는 일은 일단 몸에 튄 불똥을 털어내는 일이었다.

처음 그 마을에서 붙잡힌 이래 나날이 우리들을 '심판하려' 하는 '용사'들의 숫자는 늘어갔다.

크림존 타운까지 앞으로 6일.

이대로 나날이 '용사'의 숫자가 꾸준히 늘어난다고 하면 우리들이 목적지에 닿을 때까지 단순 계산으로 하루 약 300팀과 대전하는 셈이 된다.

그럴 리는 없겠지만….

어쨌거나 더할 나위 없이 짜증이 난다. 기분은 완전히 대마왕이다. 좀 전부터 우리의 눈앞에서 무언가 계속 떠들어대고 있는 완전무장 전사들도 그런 '용사님'의 한 무리였다.

"레노스 공국에서 이름을 떨치고 있는 우리 백은의 8기사는 하늘의 명을 받고…."

악당을 상대하는 것이라면 뭐라고 주절주절 떠들기 전에 강력한 공격마법으로 날려버린 후 뒤도 돌아보지 않고 지나치겠지만, 상대는 우리들이 악당이라고 믿고 덤벼오는 사람들이다.

뭐 말은 이렇게 해도 결국 해치우게 되겠지만…. 그래도 힘을 조절할 필요는 있었다. 이것이 또 성가신 일이었다.

혹시라도 잘못해서 상대를 죽이거나 재기 못 할 만큼의 부상을 입히면 안 되는 것이다.

이 힘 조절이라는 것이 나에겐 매우 어려운 일이었다.

웃지 말기를…. 내 고향은 '살살 쳐도 바위를 부수는' 세계였으니까.

즉 쓸데없이 강력한 녀석들이 우글거렸던 것.

말해두는데 고향에 있는 내 언니는 나에 비해 상당히 조용하지만… 아니, 말하지 말자.

언니의 귀에 만약 이 말이 들어간다면 그땐 정말 내 목숨이 위태로우니까.

"때는 지금으로부터 거슬러 올라가 10여 년 전….."

다시 무언가 주절주절 자기소개를 시작하는 기사들을 곁눈질하면서 나는 작게 주문을 외웠다.

"밤 스플리트[破彈擊]!"

## 콰아앙!

"히이이익!"

적당히 힘을 조절해서 친 나의 일격으로 어이없이 날아가버린 뭐시기 7기사. 아니… 8기사였나? 뭐 이왕지사 아무래도 좋지만.

"하지만… 매번 생각하는 건데 너, '힘 조절'이라는 단어를 알고는 있어?"

어이없다는 얼굴로 말하는 가우리.

"당연하지! 조금 전에도 내가 힘을 조절하지 않았다면 그 일곱 사람… 아니, 여덟 사람이었던가? 어쨌거나 한 방에 갑옷도 남지 않고 날아가버렸을 거야!"

"뭐… 확실히 저 녀석들은 아직 살아 있긴 하지만…."

그는 땅에 쓰러져 있는 기사들을 동정하는 눈으로 바라보며 말했다.

기사님들은 쓰러진 채 움찔움찔 경련하면서 "으으, 이런 곳에서…" "이… 이럴 줄 알았으면 도적 사냥 정도는 해둘걸…" "모두 힘내…. 죽으면 안 돼…"라느니 하며 반쯤 넋이 나가 중얼거리고 있었다.

조금 심했나…?

"하지만 너… 상대가 악당이든 아니든 대응 방법은 똑같잖아……."

지친 듯 말하는 그에게 나는 쯧쯧쯧 하며 손가락을 흔들어 보였다.

"사용하는 공격주문이 달라."

그는 크게 한숨을 쉬었다.

밤은 조용히 깊어갔다.

나는 잠들지 못한 채 여러 번 몸을 뒤척였다.

수배 중인 몸이라고 해도 어느 정도 큰 마을이라면 돈만 쥐어주면 묵게 해줄 여관은 얼마든지 있다.

왠지 모르게 가슴이 꽉 막혀서 괴롭다. 최근 며칠 동안 여관방에 홀로 있으면 그 기분이 특히 강해졌다.

충분히 자지 못한 채 밤을 새운 적도 여러 번이다.

원인은 알고 있었다.

나는 옆방에서 자고 있는 가우리를 떠올려보았다.

그를 만난 후부터였다. 내가 이런 기분을 느끼게 된 것은.

그는 아직 깨어 있을까?

그를 생각하면 그만큼 가슴이 아파온다.

후우….

나는 자는 것을 포기하고 침대에서 내려왔다.

차가운 판자벽에 살짝 손을 갖다대본다.

이 벽 너머에서 그가 자고 있다.

머리를 쿵 갖다대도 그의 숨결은 느껴지지 않았다.

어지간히 깊이 잠들어 있나 보다. 그렇다면….

"슬리핑(Sleeping)!"

벽 너머로 주문 한 방! 이제 그는 아침까지 용이 울든, 밴시가 웃든 절대로 잠에서 깨지 않을 것이다.

좋았어!

나는 싱긋 웃고 서둘러 준비를 했다.

하얀색 로브에 검은색 바지. 고쳐 맨 이마의 머리띠. 부츠와 검은색 장갑. 큰 거북이의 등껍질을 깎아 만든 숄더 가드와 그곳에서 뻗어 나온 어둠과 같은 색의 망토. 그리고 허리에는 쇼트 소드(short sword).

완! 전! 무! 장!

우후… 우후후… 우후후후후후후….

만면에서 자연스레 흘러나오는 미소.

그래! 바로 이거야!

가우리와 만난 이후로 그의 이목 때문에 취미인 도적 사냥을 삼갔던 것이 아무래도 좋지 않았다. 욕구 불만이 생길 수밖에.

오늘 아침나절에 해치운 기사단 중 한 사람이 '도적단이 이러니 저러니…'라고 지껄였던 것이 결정타였다.

여관에 도착한 후에도 식당에 있는 녀석들이 근처에 출몰하는 도적단의 이야기를 하기도 했고….

결국 나도 참을 수 없게 된 셈이다.

나는 들키지 않게 몰래 여관을 빠져나와 목적지를 향해 달려갔다. 도적들의 소굴은 여관에서 들은 소문으로 대충 상상할 수 있었다.

이런 상황에서 길을 잃으면 그땐 정말 바보다….

고요한 한밤의 숲. 오솔길과 비슷한 희미한 길이 풀 밑으로 나 있었다.

틀림없다.

이 길이다.


폐허로 변한 건물 저편에서 오렌지색의 불이 빨갛게 타고 있었다. 도적들이 피운 모닥불이다.

불을 중심으로 늘어져 있는 남자가 여러 명. 시미터(언월도)에 검은색 상의. 가끔 술을 홀짝거리며 무의미한 웃음소리를 내고 있다.

하지만 어째서 이 부류의 녀석들은 이리도 독창성이 없는 차림을 하고 있는 걸까….

아무래도 상관없지만…. 그래서 누가 피해를 보는 것도 아니고.

아마 모닥불 옆에 있는 녀석들은 보초일 것이다. 그 뒤쪽에 있는 폐허가 녀석들의 본거지일 테고.

힘으로 강행 돌파해도 쉽게 해치울 수 있는 상대로 보이지만, 너무 강력한 공격주문을 쓰다가 폐허가 무너지기라도 하면 그 안에 있는 보물들까지 함께 묻히고 말 것이다. 그렇게 되면 본전도 뽑지 못한다.

그렇다면… 먼저 폐허 안의 녀석들을 유인해서….

나는 숄더 가드와 허리의 검을 풀어서 망토로 둘둘 말았다.

그것을 소중하게 품에 안고 길을 조금 거슬러 올라갔다.

숨을 한 번 들이쉰 다음….

"살려줘요!"

크게 외치며 전력 질주.

상황을 살피러 온 도적들의 눈앞에서 요란하게 쓰러져 보였다.

물론 망토로 싼 것은 양손에서 놓지 않고.

"살려줘요…. 꺄악… 살려줘요!"

격렬하게 헐떡거리며(물론 연기지만) 가까이 있는 사람들에게 매달렸다.

"이… 이봐, 이봐. 대체 무슨 일이야?"

갑작스러운 사태에 당황하는 도적들.

"오고 있어! 녀석이! 곧! 살려줘…! 도망쳐야 해! 죽을 거야! 죽고 말 거야! 그 사람처럼!"

띄엄띄엄 무언가 사연이 있을 듯한 대사를 읊는 나.

보초들은 일순 얼굴을 마주 보다가 그중 한 사람이,

"잠깐 요 근처를 둘러보고 올게!"

그렇게 말하고 숲 쪽으로 달려갔다.

나는 남자의 품에서 작게 몸을 떨면서 보통 사람이 들으면 의미를 알 수 없는 말을 작게 중얼거렸다.

쉽게 말해 공격주문을.

"메가 브랜드[爆裂陣](소곤소곤)."

콰아아앙!

가까운 대지가 엄청난 소리를 내며 날아갔다.

"우와아아아앗!"

녀석들은 갑자기 혼란에 빠졌다.

"왔어! 녀석이야!"

나는 숲 속의 한 곳을 가리켰다.

"뭐라고!"

"어디?!"

나는 몰래 다음 주문을 외우기 시작했다.

"뭐야! 무슨 소란이야!"

좀 전의 소리를 듣고 폐허 속에서 십여 명의 남자들이 우글우글 얼굴을 내밀었다.

그 순간….

"바이스 플레어[炎裂砲](역시나 소곤소곤)."

## 콰과과광!

보초들이 피우던 모닥불이 대폭발을 일으켰다.

"뭐야!"

"대체 무슨 일이냐!"

상황을 파악하지 못하고 도적들은 당황해서 이리저리 뛰어다 녔다.

이렇게 되면 완전히 식은 죽 먹기이다.


"훗훗훗. 생각보다 많다. 많아♡"

폐허 속의 보물 창고. 엄청난… 까지는 아니지만 상당한 양의

금은보화가 쌓여 있었다.

결국 도적들을 밖으로 유인한 후 그 대부분을 해치웠다.

나는 망토를 펼치고 그 뒤쪽에 숨겨져 있는 주머니에서 모시로 덧댄 천을 꺼냈다.

끝에 달려 있는 끈을 사삭 묶으면….

간이 배낭 완성!

자, 문제는 대체 무엇을 가져갈까… 하는 건데…,

욕심을 부려 금화 같은 것을 쓸어 담으면 무겁기도 하고 눈에 띄기도 하고 잘못하면 배낭의 끝이 터지는 등 좋은 일이 전혀 없다.

가져갈 것은 보석 종류나 공예품, 혹은 마법 아이템 같은 것들….

그렇게 내가 망설이고 있을 때….

"이봐, 이런 곳에서 뭘 하고 있어?"

내 뒤쪽… 출입구 쪽에서 노기 어린 소리가 들려왔다.

움찔!

무심코 몸을 움츠렸다.

상대가 도적이라면 돌아보지도 않고 공격주문을 한 방 날리면 그만이다. 하지만….

느릿느릿 뒤를 돌아보았다.

그곳에 예상대로 그 얼굴이 있었다.

"어머♡ 우연이구나, 가우리♡ 이런 곳에서 만.나.다.니♡"

나는 입가에 주먹을 모으고 눈을 크게 깜박거려보았다.

"'만.나.다.니♡'가 아니야."

그는 머리를 긁적이며 퉁명스러운 목소리로 말했다.

"대체 여기서 뭘 하고 있는 거야, 대체."

"우흥♡ 비.밀♡"

"개그로 얼버무리지 마."

우….

어쩔 수 없다. 그렇다면….

나 는 당당하게 가슴을 폈다.

"도적 사냥이지 뭐야."

"당당하게 말하지 마."

그럼 대체 어쩌라는 거야….

"어쨌거나! 일단 이곳에서 나가자."

다짜고짜 그는 내 팔을 붙잡고서 밖으로 질질 끌고 나갔다.

"자… 잠깐! 기다려…! 내 보물이!"


"뭐야! 아무리 그래도 너무 심하잖아!"

숲에 난 길을 나란히 걸으면서 나는 가우리에게 으르렁거렸다.

"뭐가 심해?"

나를 보려고도 하지 않는 가우리.

아…. 정말로 화난 모양이다.

"한밤중에 혼자 몰래 여관을 빠져나가기에 대체 뭘 하나 했더니… 무슨 생각이야! 나 참!"

"밝은 미래 설계지 뭐야."

주저 없이 대답했다.

"애초에 도적들을 해치운 게 뭐가 잘못이야. 상대는 다른 사람들의 재산을 빼앗고도 태연한 녀석들이라고! 내버려두면 그만큼 죄 없는 사람들이 피해를 입어!"

그는 크게 한숨을 쉬었다.

"그래서 해치운 김에 보물을 가져가는 것이로군."

"하지만… 누구에게서 빼앗은 건지 알 수 없는 이상, 주인에게 돌려주기란 불가능하잖아. 그렇다고 보물만 그대로 남겨놓으면 국가에 몰수되는 게 고작이고, 잘못하면 그것을 둘러싸고 다툼이 벌어질 거야. 그러니까 아예 내가 가져가서 처분하면 조금이라도 세상에 환원되잖아."

"또 말도 안 되는 궤변을 늘어놓는군."

"하지만 너, 자고 있던 거 아니었어?"

나는 물었다. 혹시라도 '내 슬리핑 마법이 통하지 않았다'는 말은 하지 않겠지. 절대로 하지 않을 거야.

"화장실에 갔다가 돌아오는데 네 방에서 소리가 나더군. 그래서 내 방으로 돌아가서 창 밖을 보니…

레비테이션 마법으로 뛰어내린 네가 어딘가로 달려가고 있더라고."

그랬군. 그래서.

칫…. 운 좋은 녀석.

"어쨌거나…."

말하다 말고 두 사람은 동시에 걸음을 멈추었다.

멀리서 들려오는 벌레 울음소리.

나뭇잎 사이로 희미하게 새어드는 흐릿한 별빛.

"나오는 게 어때?"

난 조용한 목소리로 말했다. 수풀 속을 노려본 채.

가우리가 칼자루에 손을 가져갔다.

"여전하신 것 같군요."

목소리는 뒤쪽에서 났다.

말도 안 돼….

그때까지 그곳에는 분명 아무런 기척도 없었는데.

두 사람은 황급히 돌아보고….

잠시 할 말을 잃었다.

그곳에….

붉은 어둠이 엉겨 있었다.

피처럼 붉은 로브를 입은 한 사람의 승려.

망토는 바람에 하늘하늘 흔들렸고,

깊이 눌러 쓴 후드 아래로 두 개의 눈이 엿보였다.

꼭 감겨 있는 두 눈이.

얼굴의 대부분을 감추고는 있지만… 그것은….

"적법사… 레조…."

나는 신음하듯 작게 중얼거렸다.


"오랜만입니다. 두 사람 모두 좋아 보이는군요."

그렇게 말하는 그의 얼굴에는 아무런 표정도 없었다.

"꽤나 고생을 하신 모양이군요. 계속 자객의 습격을 받아서."

잘도 뻔뻔하게 말한다.

"예. 누군가가 그런 훌륭한 수배서를 여기저기 뿌리고 다닌 덕분에요."

나는 비아냥대는 어조로 말하다가 문득 어떤 사실을 깨달았다.

눈앞에 모습이 있음에도 여전히 그의 기척이 느껴지지 않았던 것이다.

이 상황에선 기척을 죽일 필요도 없을 텐데….

"아, 그건 저의 초대장입니다. 사실 전 지금 사일라그 신관장에게 신세를 지고 있어서…."

사일라그….

여기서 북쪽으로 5일 정도 가면 있는 마을이다.

원래는 마법 도시로 유명한 마을이었지만 100년도 더 된 옛날에 마수 자나파에 의해 괴멸되어 한때는 '사령도시'라고 불린 적도 있다.

지금은 그때 마수를 해치운 용사가 심은 나무가 크게 자라서 마을의 상징이 되어 꽤 큰 마을이 되었다고 들은 적이 있는데….

하지만 레조가 사일라그에 있다면 우리들의 눈앞에 있는 이것은….

비전[隔幻話].

나는 겨우 그 술법의 이름을 떠올릴 수 있었다.

먼 거리에서 자신의 환영을 구현시켜 마치 그 장소에 있는 것처럼 상대와 대화를 할 수 있는 술법. 쓰기에 따라선 더할 나위 없이 편리한 술법이다.

물론 그것을 쓰려면 상대가 있는 곳에 자신의 영상을 투영하기 위한 중계자로서 마법사가 필요하지만.

그렇다면 이 근처에 레조의 부하 마법사가 있다는 셈인데.

"쉽게 말해… 사일라그로 오라는 말인가?"

"오지 않아도 상관없습니다."

가우리의 말에 적법사는 놀리는 투로 그렇게 대답했다.

"하지만 그렇게 하면 당신들은 평생 수배자로 살아야겠죠. 단지 그뿐입니다."

"단지 그뿐이라니…."

나는 쓴웃음을 지었다.

"가우리는 둘째치고 나는 좀 곤란해, 그거."

"나도 곤란해."

"어쨌거나 기다리겠습니다. 좀 진부하지만 진정한 결판을 내고 싶어서 말이죠."

말이 끝나자마자 그 그림자가 스윽 사라졌다.

두 사람은 잠시 서로의 얼굴을 바라보았다.

"방금 그….."

내가 입을 열려던 그 순간.

"분명히 전했다."

갑자기 뒤쪽에서 소리가 났다.

다시 황급히 돌아보는 두 사람.

그곳에 한 남자가 서 있었다.

보통 체구에 보통 키. 검은색 망토에 후드. 흔한 마법사 차림.

특징이라고 하면 이마에 박혀 있는 엄지손톱 크기의 루비 정도가 고작.

처음에 두 사람이 기척을 느꼈던 장소였다.

역시 마법사는 처음부터 그곳에서 우리들과 레조의 대화를 중계했던 것이다.

"호오…."

나는 눈을 가늘게 뜨고 남자를 쳐다보았다.

한눈에 알 수 있었다. 3류다.

"그럼 네가 레조의 똘마니 중 하나라는 거지?"

"헛소리 마라, 꼬마 계집애."

마법사는 내 말에 코웃음을 쳤다.

"너 따위는 레조 님이 직접 나설 것도 없어. 나 브루무군이 여기서 저세상으로 보내주겠다!"

이봐, 이봐….

굳이 우리들을 사일라그까지 부르고 싶어하는 레조의 의사를

완전히 무시하고서, 갑작스럽다고 하면 너무나 갑작스러운 말을
주절거린다.

꼭 있다…. 주제넘게 나서다가 결국 다른 사람에게 폐를 끼치는
녀석이.

"그만두는 편이 좋지 않겠어?"

나는 귀찮다는 듯 팔랑팔랑 손을 흔들어 보였다.

"우리들을 찾아낸 것은 칭찬해 주겠지만 너로선 역부족이야."

"칭찬해 줘서 기쁘긴 한데, 한밤중에 그렇게 떠들면 어린애라
도 찾아낼 수 있어."

미안하구나…. 떠들어서.

"역부족인지 어떤지는… 싸워보면 알겠지!"

말이 끝나자마자 그는 오른손을 등 쪽으로 가져갔다. 다음 순간
….

"하앗!"

나는 즉시 몸을 숙여 머리 쪽으로 날아든 거무스름한 물체를 피
했다.

퍼억!

무딘 소리와 함께 내 바로 옆에 있던 나무… 가우리의 팔뚝 두
께만 한 그 나무가 절반 가까이 파였다.

"체인 윕(Chain Whip)인가?!"

가우리는 한눈에 그 무기의 정체를 간파했다.

이름 그대로 사슬 끝에 작은 추를 달아놓은 것으로 위력은 보는

바와 같다.

잘 쓰는 사람이 쓰면 어지간한 검보다 훨씬 위험한 무기가 된다.

체인 웝으로 연속 공격을 펼치면서 브루무군은 주문을 외우기 시작했다.

이 주문의 리듬은…?

파이어 볼[火炎球]?!

술자가 쏜 빛의 구슬이 명중 지점에서 작렬해서 주위에 불꽃을 흩뿌리는 무차별 공격주문인데….

생각이 있는 거야, 없는 거야! 이 녀석은! 이런 숲 속에서 그런 주문을 쓰다니!

불길이 번지면 자신의 목숨까지 위태로울지도 모르는데!

에잇!

나는 주문을 외우기 시작했다.

브루무군의 왼손에서 붉은빛의 구슬이 생겨났다.

"파이어 볼!"

동시에 내 주문도 완성되었다.

"프리즈 브리드[氷結彈]!"

두 사람이 쏜 두 개의 빛은 서로를 끌어당기더니 정면으로 충돌했다.

콰직!

무언가 단단한 것이 깨지는 듯한 날카로운 소리만을 남기고 두 개의 빛의 구슬은 소멸했다.

"아니?!"

놀라서 외치는 브루무군.

주문의 상호 간섭 작용이었다. 예전에 내가 어느 여마법사와 함께 일을 할 때 우연히 발견한 현상이다.

혹시나 해서 말해두는데, 반대되는 성질을 가진 주문이 반드시 이러한 현상을 일으키는 건 아니므로 착각하지 말도록.

주문의 조합 방법에 따라선 원래의 주문을 훨씬 웃도는 힘을 발휘하는 일조차 있으니까.

즉 어쩌다 보니 파이어 볼과 프리즈 브리드의 조합에서 이런 현상이 일어난 것에 불과하다.

여러 가지로 조합을 해봐도 재미있겠지만 이것만은, 아무리 초천재마도사인 나라 해도 혼자서는 어쩔 도리가 없는 일이다.

한동안 여행길의 동료가 되었던 그 여마도사는 가우리와 만나기 얼마 전 슬그머니 모습을 감췄었지.

어쨌거나 이런 상호 간섭이 있다는 것은 보통의 마법사는 알지 못하는 셈이다.

브루무군도 예외가 아니었다.

일어난 사태를 이해하지 못하고 잠깐 움직임이 멈추었다.

그 틈을 놓칠 가우리가 아니었다.

순식간에 상대의 품속으로 파고들었다.

브루무군이 들고 있던 위험한 무기가 하늘 높이 튕겨나갔다.

"칫!"

황급히 뒤로 물러서는 마법사. 뒤쫓는 가우리.

나는 다음 주문을 외우기 시작했다.

마법사는 오른손을 등으로 돌려 다시 무언가를 꺼내려고 했지만, 그보다 먼저 가우리의 킥이 그의 명치에 박혔다.

"우읍…."

마법사는 몸을 기역자로 꺾으며 신음했다. 그곳에 나의 주문이 작렬했다.

"에르메키아 란스[烈閃愴]!"

버티지 못하고 쓰러지는 브루무군.

이 주문은 상대의 정신에 대미지를 주는 술법이다.

인간을 상대로 쓰면 정신에 대미지를 주는 술법이다. 인간에게 쓰면 치명상은 못 입혀도 극도의 정신 쇠약 상태에 빠뜨려 잠시 동안 움직이지 못하게 할 수 있다.

내가 방금 쓴 것은 그 힘을 극도로 떨어뜨린 것이었다.

왜 굳이 힘을 떨어뜨렸는가 하면….

본래의 위력으로 이 기술을 펼치면 그 자리에서 상대가 실신하는데, 그건 좀 곤란하기 때문.

브루무군에겐 아직 확인해보고 싶은 것이 있었다.

예상했던 대로 마법사에겐 아직 의식이 남아 있었다.

하지만 땅 위에 늘어진 채 몸을 움직이지도 못하는 상태.

이 상태에선 날뛰지도, 주문을 외우지도 못할 것이다.

"그래도 그렇지, 우리 두 사람을 혼자서 한꺼번에 상대하려 하다니 무모했어."

나는 도끼눈을 뜨고 마법사의 얼굴을 들여다보면서 말했다.

"자신의 실력을 알았어야지…. 뭐 그건 둘째치고."

난 진지한 얼굴로 돌아와서 말했다.

가우리는 옆에서 방심하지 않고 두 사람의 대화를 듣고 있었다. 만약 마법사가 묘한 움직임을 조금이라도 보인다면 즉시 벨 기세이다. 그런 지원이 있기에 나는 안심하고 정면에서 이야기를 할 수 있었다.

"그 녀석은 대체 누구지?"

브루무군의 가느다란 어깨가 한순간 움찔거렸다.

"무슨 소리냐? 누구냐니……. 설마 레조 님을 모르는 건 아니겠지?"

나는 한 마디 한 마디 잘라 말하듯 설명했다.

"레조는 우리들이 죽였어. 지금부터 2개월도 더 예전에."

잠시 사이를 두고 브루무군은 냉소를 머금었다.

"흥, 말도 안 되는 소리…. 만약 그렇다면 방금 그 레조 님은 대체 뭐지?"

"그걸 모르니까 묻는 거 아냐."

내가 말했다.

아무래도 이 남자는 그가 진짜인지 아닌지 하는 의심을 조금도 품고 있지 않은 듯하다. 그렇다면 이번 일은 이 녀석에게 물어봤자 소용없다.

"영문 모를 소리 하지 마. 애당초 너희 같은 허접한 놈들이 그분을 죽일 수 있을 리가 없어!"

한 방에 깨진 주제에 '허접한'이라고 할 자격이 있어?

"호오오오오…. 그럼 말해봐. 대체 내 어디가 허접한지."

마법사는 나를 정면으로 노려보면서 딱 잘라 말했다.

"특히 가슴."

"시끄러워!"

나는 그대로 마법사를 날려버렸다.


두 사람이 여관을 나선 것은 날이 밝은 지 얼마 되지 않은 무렵이었다.

아직 아침 안개가 끼어 있는 대로를 나와 가우리는 걸었다.

아직 조금 졸렸지만 우리들이 있는 곳은 적에 노출되어 있는 셈이고 가야 할 목적지도 확실해졌기에 발 빠르게 움직이는 것이 상책이었다.

그 브루무군이라는 마법사는 숲 속 나무 등걸에 묶어두었다….

사실 그 참에 해치우는 편이 좋겠지만 완전히 행동 불능 상태에 빠진 상대를 공격하기란 아무리 그래도 꺼림칙한 일이다.

"하지만… 어떻게 생각해? 가우리. 어젯밤의 레조."

나의 질문에 그는 드물게 어렵다는 표정을 지었다.

"솔직히 말해 그저 닮은 사람이라곤 생각하기 어려웠어. 그 얼굴은…."

그 말이 맞긴 하다. 하지만….

"다른 사람도 아니지만 본인이 아닐 수도 있어."

"가족이나 친척일 수도 있다는 말이지?"

"음, 그럴 가능성도 있지만, 내가 지금 생각하고 있는 것은 레조의 복제가 아닐까 하는 거야."

"복제?"

"아트라스 시티 사건 때에도 호문쿨루스(인조인간)라는 게 우글우글 나왔잖아."

"아… 호문 뭐시기라는 이름을 들은 기억이 있는 것 같기도 한데…. 뭐였지?"

그러고 보니 호문쿨루스라는 것이 뭔지 가우리에겐 설명하지 않았던 것 같다.

"마법을 이용해서 인공적으로 만들어낸 인간을 말해. 인간의 피를 써서 만드는데, 완성된 것은 그 피를 제공한 사람과 거의 같은 능력과 소질을 갖게 되지."

원래 호문쿨루스란 남자의 체액에서 만들어낸 난쟁이를 가리켰지만 최근에는 다른 방법이 개발되었다.

짐승의 뼈 같은 수십 종의 재료를 말려 가루로 만들어서 일정 비율로 섞은 다음 거기에 인간의 혈액을 넣은 후 시술과 의식을 거행하는 방법.

그에 의해 만들어지는 것은 혈액을 제공한 인간과 완전히 똑같은 겉모습과 기본 능력을 갖춘 인조인간이다.

앞서 말한 호문쿨루스와는 제조법과 성질이 완전히 다른 까닭에 원래 다른 이름으로 불러야 하지만, 새로운 제조법을 개발한 마법사가 '호문쿨루스로 불러도 상관없잖아'라고 고집을 부리는 바람에 아직까지 호칭은 똑같다.

그래도 나름대로 헷갈리므로 옛날부터 있던 것을 '소인(Small)', 새로운 것을 '복제(Copy)'라고 부르고 있긴 하지만.

이 복제는 인체 실험의 소재나 경비병으로 쓰였는데 최근 그에 대해 인권 문제가 제기되었다.

겉모습이나 능력 모두 보통 사람과 전혀 차이가 없지만 제조자가 의식하고 만들지 않는 한 완성된 복제 호문쿨루스는 의식과 기억이 일절 없는 이른바 플래시 골렘(Flesh Golem)과 거의 다를 바 없는 존재였기 때문이다.

"그럼 가령 내 피를 이용해서 만들면 나와 호각의 실력을 가진 전사가 만들어진다는 건가?"

가우리의 말에 나는 고개를 저었다.

"기본적인 능력은 분명 너와 별 차이 없어. 근력, 스피드, 반사 신경… 하지만 검술이나 실전 경험 같은 것은 호문쿨루스 쪽이 훨씬 떨어져. 즉 기본 능력을 복제할 순 있어도 성격, 행동 패턴, 습관, 말투 같은 것은 복제할 수 없는 거지. 그 호문쿨루스의 제조자가 그러한 성질을 입력하지 않으면 말야…. 입력한다고 해도 한도라는 것이 있고. 쉽게 말해 애초에 개성이라는 게 없는 거야.

하지만 비슷한 말투를 기억시키기만 한다면….”

“어젯밤 만난 복제 정도는 만들 수 있다는 거지?”

나는 고개를 끄덕였다.

“그리고 우리들도 레조 본인과 그리 오래 관계를 맺은 것은 아니니까 만약 어제 그것이 그럴듯한 형태로 만들어진 가짜나 외모가 비슷한 혈연이라고 해도 차이를 발견하기란 무리야. 비전 마법을 매개로 접촉했으니 그것이 가진 ‘기’의 성질까지 읽어내는 것도 무리였고….”

“그럼 넌 어쨌든 가짜라고 생각하는 거야?”

“아마도 그렇겠지…. 만약 실물이 살아 있다고 해도 레조일 리는 없을 거야.”

“그렇다면 대체 어떻게 된 거지?”

“이건 내 추측인데, 레조의 부하 중 한 명이 적법사의 복제를 이용해서 다른 부하들을 끌어 모으고 우리들을 사일라그까지 유인하고 있는 것 같아. 레조의 복수를 위해, 그리고 무엇보다도 자신의 이름을 떨치기 위해서….”

“흐음….”

가우리는 턱에 손을 댄 채 허공을 바라보았다.

“납득이 안 가는 모양이네. 표정을 보니.”

“너의 그 ‘날카로운 추리’라는 건 맞은 적이 없잖아….”

우….

“사… 상관 마. 어쨌거나 사일라그에 꼭 가야만 하게 생겼으니,

가면 분명해지겠지."

"갈 수밖에 없군."

걷혀가는 아침 안개 저편을 바라보며 왠지 그는 내키지 않는 표정으로 중얼거렸다.


"우욱!"

가우리의 주먹이 남자의 명치에 박혔다.

동시에 내가 쏜 에르메키아 란스가 다른 한 명을 쓰러뜨렸다.

오늘 여섯 번째의 '용사'였다.

"하지만… 어떻게 좀 안 될까?"

질렸다는 표정으로 투덜대는 가우리.

"아직 점심시간도 안 되었는데 벌써 여섯 팀째야…. 사일라그에 가려면 대체 얼마나 많은 '정의의 사도'와 싸워야 하는 건지……"

"다음 마을에 도착하면 변장이라도 할까? 그렇게라도 하지 않으면 못 버틸 것 같은데."

"그렇군…. 하지만 그전에…."

"상대를 하지 않으면 안 될 것 같네. 또 한 팀…."

나는 큰길 쪽을 바라보며 말했다.

나지막한 언덕으로 이어져 있는 푸른 돌이 깔린 대로. 어제 묵은 여관 주인의 말에 따르면 이 언덕을 넘으면 다음 마을이 보인다고 했다.

거리 오른 편에는 작은 숲, 그리고 뒤에 보리밭이 있다. 언덕 너머 멀리에는 산등성이가 모습을 드러내고 있다.

내 눈동자는 숲 옆에 우뚝 서 있는 하나의 검은 그림자를 포착했다.

후드를 깊이 뒤집어쓴 흑의의 마법사.

"자, 얼마든지 덤벼!"

나는 반쯤 체념한 심정으로 성큼성큼 나아갔다.

"어젯밤엔 신세를 졌군."

마법사는 젊은 목소리로 말했다.

뭐….

어젯밤… 이라면, 어젯밤에 상대한 마법사라면 딱 한 사람뿐인데….

"설마 나 브루무군을 잊은 것은 아니겠지?"

"음… 그러니까…."

나는 미간을 찡그렸다. 옆에 있는 가우리도 완전히 같은 반응을 보였다.

그렇다고 브루무군을 깨끗이 잊어버린 것은 아니다.

어젯밤에 만났을 때와 너무나 인상이 달랐기 때문이다.

목소리도 다른 것 같다는 생각이 드는데….

하지만 본인이 그렇다고 말하는 이상 틀림없을 것이다. 다른 사람이 그의 이름을 사칭해봤자 아무런 이득이 없으니까.

그건 그렇고… 어떻게 따라올 수 있었던 거지?

"뭐… 아무래도 상관없지만…."

나는 고개를 갸웃거리며 말했다.

"너도 참 끈질기구나. 한 방에 깨진 걸 잊은 것도 아닐 텐데."

"그렇지도 않아, 오늘은 동료들을 데려왔으니까. 자, 나와라."

"알았어."

"흥, 잘난 척하긴."

대답과 함께 두 개의 그림자가 숲 속에서 나타났다.

"너희들은?!"

나는 놀라 외쳤다.

## 2. 사일라그. 갈 길이 먼데…

"아무래도 아직 팔팔한 것 같구나. 꼬맹아."

등에 큼직한 시미터를 메고 있는 워울프(늑대인간)가 건들거리는 목소리로 말했다.

워울프라고는 해도 이 녀석은 트롤… 즉 엄청난 회복력을 지닌 몬스터와 늑대의 혼혈이다.

늑대의 민첩성과 트롤의 엄청난 회복력을 가진 녀석인데, 나는 일찍이 이 녀석의 몸에 난 상처가 말 그대로 순식간에 나아버리는 것을 목격한 적이 있었다.

"너도 아직 살아 있었구나, 입만 더러운 늑대인간 씨."

내 말에 늑대인간은 순간 쓰러질 뻔했다.

"말이 좀 심하잖아…."

무심코 중얼거리는 브루무군.

"맞는 말이라 상처 입었나 보군."

"시끄러워!"

그러고 있을 때 가우리가 내 어깨를 쿡쿡 찔렀다.

"아는 사이야? 저 워울프."

이래서 문제다… 이 남자는.

"무슨 소리야! 그 사건으로 너도 두 번 정도 얼굴을 마주친 적 있잖아. 딜기아야, 딜기아."

"으음…."

그는 머리를 벅벅 긁으며 말했다.

"하지만 난 짐승 얼굴을 구별하는 눈이 없어서."

이 녀석도 꽤 심한 말을 한다….

아, 저쪽에서 딜기아가 실의에 빠져 있다.

어쨌거나 잠시 내버려두자.

나는 다른 한 명을 바라보았다.

뭐 그다지 정면으로 보고 싶은 얼굴은 아니었지만….

이쪽은 반어인이었다…. 아니, 이미지로 따지면 '물고기인간'이라고 부르는 편이 가까울 것 같지만.

물고기를 인간 크기로 크게 만든 다음 거기에 손발을 붙여놓은 듯한 녀석이다.

큰 마을에서 파는 어린이 동화책에 자주 나오는 모습을 그대로 현실에 구현시켰다고 생각하면 될 것이다.

하지만… 갑자기 이런 녀석을 어린애들 눈앞에 들이대 보이면 보통은 울지 않나?

이 녀석 또한 내가 아는 상대였다.

"너와는 처음 겨뤄보게 되는구나, 눈사."

무의식중에 시선을 돌리면서 말하는 나.

"……."

멍한 눈으로 나를 말없이 빤히 바라보는 물고기인간.

아니… 그러니까 그렇게 보지 말라니까. 무서우니까.

"눈사… 라고…?"

얼마 후 물고기인간은 입을 뻐끔거리며 중얼거렸다.

혹시 내가 사람(?)을 잘못 본 걸까…? 하지만 가우리의 말마따나 보통 사람은 이 종족을 얼굴로 구분하기란 불가능하다.

"너… 얼굴만 잘생긴 그 녀석을 알고 있는 거냐?"

자… 자… 잘생긴 녀석?!

말해두는데 내가 전에 만난 그 '눈사'라는 물고기인간도 눈앞에 있는 이 녀석과 별 차이 없는 용모를 가지고 있다.

종족마다 미적 감각에는 차이가 있다고 해도… 으음…. 잘생긴 녀석이라….

"내 어디가 그 겉만 번지르르한 눈사 녀석과 닮았다는 거냐."

거… 겉만 번지르르… 하다니…. 너….

"내 이름은 라하님… 말해두지만 어느 틈엔가 모습을 감춘 그런 녀석과 나를 똑같이 취급하지 않는 게 좋을 거다. 난 레조 님의 힘에 의해 하늘을 날 수 있게 되었으니까…."

영문 모를 말을 혼자 주절거리고 있다. 뭐 이 이상 대화를 계속해도 머리만 아파질 것 같고, 어찌 됐든 싸우지 않으면 안 되니….

"그래, 그래. 얕보지 않는 게 좋을 거다."

갑자기 부활한 딜기아가 라하님의 이야기에 끼어들었다.

"어쨌거나 나도 예전과는 비교도 안 될…."

"기습 파이어 볼!"

나는 다짜고짜 세 사람의 한복판에 파이어 볼을 집어 던졌다.

선제공격 필승.

물론 이 정도 공격으로 어떻게 될 만한 세 사람은 아니겠지만 적어도 이걸로 싸움의 흐름은 내 쪽으로 기울 것이다.

"칫! 비겁하게!"

크게 뒤로 물러선 브루무군이 소리를 질렀다.

라하님은 보리밭 속으로 몸을 피했다.

그리고 딜기아는….

아, 저기서 구워지고 있다.

만세♡

"뭐하러 나온 거야! 넌!"

구수한 냄새와 연기를 내뿜으며 꿈쩍도 하지 않는 늑대인간에게 호통을 치는 마법사.

기분이 이해가 안 되는 바도 아니다….

"이리 와라! 라하님!"

마법사가 외치자,

"알았어…."

대답하는 순간

물고기인간의 키가 스윽 커졌다.

아니….

발이 땅에서 떨어졌다.

즉 공중에 떠 있는 것이다.

물고기인간은 한 번 몸을 구부렸다.

다음 순간 라하님은 바람과 같은 속도로 브루무군의 옆에 도착했다.

말 그대로 하늘을 헤엄쳐서….

마법사는 오른손을 가볍게 물고기인간의 배에 갖다댔다.

"가서 잘라버려."

"알았어…."

물고기인간의 몸이 공중에서 흐느적 구부러졌다.

방심할 수 없는 공격이긴 하지만 나와 가우리가 포착하지 못할 속도는 아니다.

아무래도 브루무군은 아직 우리들의 힘을 과소평가하고 있는 것 같군.

그 방심을 이용하지 않을 수 없지.

"리나!"

가우리가 외친 것은 내 시야에서 순식간에 라하님이 모습을 감춘 그 순간의 일이었다.

"?!"

머리보다 몸이 먼저 움직였다.

내 바로 오른쪽에서 엄청난 바람이 휘몰아쳤다.

나는 완전히 균형을 잃고 옆에 있는 보리밭에 처박혔다.

황급히 자세를 바로잡았다.

쓰러지면서 뺨을 풀에 베인 것 같았지만 거기에 신경 쓸 여유는 없었다.

오른쪽 어깨에 있던 큰 거북이 등껍질을 깎아 만든 숄더 가드는 반쯤 잘려나갔다.

장식용으로 붙여놓은 루비 애뮬릿이 멋지게 절단되어 있었다.


"목을 베지는 못했군…."

갑자기 터무니없는 공격을 해온 라하님은 공중을 떠다니면서 중얼거렸다.

지금은 사냥감을 노리는 육식어처럼 우리들의 주위를 빙글빙글 느리게 돌고 있다.

공격을 해올 때 물고기인간의 움직임은 번갯불에 빗댄다 해도 결코 과언이 아니었다.

내 눈은 완전히 그 움직임을 놓치고 있었다.

보통이라면 그런 속도로 움직일 수 있을 리 없겠지만 아까 브루무군이 몸 주위에 바람의 결계라도 쳐준 모양이다.

그렇게 생각하면 그 이상하리만큼 빠른 속도도 납득이 간다.

어쨌거나 방심한 것은 아무래도 내 쪽이었던 것 같다.

"보였어? 방금 그거…."

라하님의 움직임을 놓치지 않도록 주의하면서 나는 가우리에게 물었다.

"그림자만…. 하지만…… 손을 쓸 수 있을 만한 속도는 아니더군."

절망적인 소리를 한다.

보장하건대 가우리의 검 실력은 초일류라고 해도 과언이 아니다. 그런 그의 실력으로도 포착하지 못하는 속도라면….

광범위용 무차별 공격마법으로 공격하는 것 외엔 방법이 없는데 반드시 성공한다는 보장도 없다.

그렇다면… 방법은 하나뿐.

라하님의 모습이 스윽 사라졌다.

"우앗!"

나와 가우리는 동시에 소리를 지르고 자세를 낮추었다.

지금은 일단 피할 수밖에 없었다.

아아… 한심해….

머리 위에서 한 줄기 바람이 휘몰아쳤다.

하지만 라하님 쪽도 운동 능력이 비행 속도를 따라잡지 못하는지 우리들이 몸을 피하면 그에 대응하지 못했다.

직진밖에 못하는 공격과 그것을 피할 수밖에 없는 두 사람.

…옆에서 보면 엄청 수준 낮은 싸움으로 보이지 않을까.

"또 피했군. 가만히 있었으면 좋았을 것을…."

터무니없는 소리를 하는 라하님.

하지만 무언가 이 패턴에 변화를 주지 않으면 날이 저물 때까지 같은 짓을 계속하게 될 수밖에 없다.

그렇다면 일단….

나는 주문을 외우기 시작했다.

"어리석군. 지금의 내 움직임을 주문으로 포착할 수 있을지…. 시험해보고 싶으면 해봐."

말이 끝나자마자 다시 그의 모습이 사라졌다.

동시에 나는 주문을 끝마쳤다.

다음 순간….

부웅!

소리와 함께 강한 충격이 왔다. 최대한 발에 힘을 주고 있었지만 그래도 몇 발짝 휘청거렸다.

하지만 물고기인간은 그 정도로 끝나지 않았다. 크게 튕겨나가 보리밭에 처박혔다.

주문으로 내 주위에 펼친 바람의 결계와 라하님이 맹렬한 속도로 충돌한 것이다. 하지만 쌍방의 결계가 방해를 해서 그는 내게 대미지를 주지 못했다.

지금이 기회!

곧바로 나는 다음 주문을 외우기 시작했다.

쓰러져 바둥대고 있는 물고기인간을 향해 달리는 가우리.

은색의 빛이 번뜩였다.

하지만 가우리의 검은 한 무더기의 보리를 베어내는 데 그쳤다.

"너도 술법을 쓴 거냐? 얍삽하군…."

순간적으로 공중에 떠오른 라하님의 눈이 미미하게 움직였다
….

초점조차 맞지 않는 휑한 눈동자가 대체 어디를 바라보고 있는 건지 내가 알 리 없었지만, 분위기로 보건대 아무래도 시선을 내게서 가우리 쪽으로 옮긴 듯하다.

그때 나의 다음 주문이 완성되었다.

"브람 갓슈[爆風彈]!"

이 술법은 응축된 바람을 화살처럼 쏘는 술법인데, 목표에 맞는 동시에 파열되어 흉악할 정도의 살상 능력을 발휘한다.

목표물에 대해서밖에 효과를 발휘하지 않지만 제대로 맞기만 하면 벽돌 벽조차 부수는 위력을 가지고 있다.

그것은 정확하게 숲 옆에서 구경만 하고 있던 브루무군의 몸에 명중했다!

식사를 아직 안 한 사람도 있을 것 같기에 자세한 묘사는 생략하겠지만….

"브루무군님…."

황급히 그쪽으로 날아가는 라하님. 주저 없이 다음 주문을 외우는 나.

"레이 윙[翔封界]!"

나는 둥실 공중에 떴다.

이 술법은 술자의 주위에 바람의 결계를 치고 공중을 고속으로 비행하는 술법이다. '레비테이션[浮遊]'에 비해 컨트롤은 상당히 어렵지만 혼자서 비행한다면 새와 경주를 할 수 있을 정도의 속도를 낼 수 있다.

"붙잡아! 가우리!"

나는 바람의 결계를 잠깐 늦추고 보리밭에 있는 가우리를 붙잡았다.

"어떻게 할 생각이야?!"

"도망치는 거야!"

묻는 가우리에게 나는 딱 잘라 대답했다.

"너 이 녀석…."

라하님은 우리들의 움직임을 보고 다시 둥실 하늘에 떴다.

그 모습이 순간 사라지고 우리 두 사람은 크게 튕겨나갔다.

"크윽!"

하지만 여기서 술법을 풀 수는 없었다.

브루무군이 쓰러진 지금도 저 속도를 유지할 수 있는 걸 보면 마법사가 물고기인간에게 건 결계는 아무래도 일정 시간 동안 효과를 발휘하는 타입인 듯하다.

바람의 결계가 사라지면 라하님을 쓰러뜨리기란 그리 어렵지 않겠지만 언제 사라질지도 모르는 판에 계속 기다리는 것은 어리석은 짓이었다.

우리들은 언덕을 넘었다.

여관 주인의 말대로….

언덕 너머로 어느 정도 큰 마을이 모습을 드러냈다.

맹렬한 스피드로 쫓아온 라하님은 다시 우리들에게 돌진했다.

"따라잡히겠어!"

허리에 매달린 한심한 자세로 외치는 가우리.

이 레이 윙은 속도, 고도, 중량의 총합이 술자의 마력에 비례한다. 지금 상태로는 가우리를 안고 있는 탓도 있어서 도저히 물고기인간을 따돌릴 수 있을 만한 속도는 나오지 않았다.

하지만 마을로 도망치기만 하면 어떻게든….

"괜찮아! 나에게 생각이 있어! 잘 들어. 지금부터 저 마을에서 '변장'을 할 텐데 아마 저 물고기인간이 말을 걸어올 거야. 그때 최대한 말을 하지 말고 절대로 나를 본명으로 부르면 안 돼! 그리고 가능한 한 나하고 말을 맞춰!"

바람의 결계 때문에 우리들의 대화는 라하님의 귀에 들어가지 않는다. 그것을 이용한 간이 작전 회의였다.

"이봐, 이봐, 괜찮겠어?"

"물론이지! 그보다 절대 검을 뽑으면 안 되고 살기도 최대한 억눌러야 해. 알았지?"

그렇게 말하는 사이에 여러 번 부딪치면서도 일행은 이미 마을 입구까지 도달해 있었다.

입구 부근에 앉아 있던 야채 행상 아줌마를 바람으로 날려버리고 우리들은 마을로 돌입했다(미안해요).

노점의 오렌지를 날려버리고 통행인을 몇 명 쓰러뜨리면서도 우리들은 마을 안을 가로질렀다.

"이봐, 이봐, 이봐! 리나!"

"불만은 나중에 들을게!"

나는 큰길을 질주하면서 좌우를 둘러보고….

좋아! 저기로 결정!

쫓아오는 라하님을 향해 이번엔 이쪽에서 돌진했다.

물고기인간은 크게 튕겨나가 정면으로 노점에 처박혔다.

나는 즉시 길의 반대편… 점찍어놓았던 골목길로 들어가서 레이 윙을 풀었다.

목재 거치장이었다. 각목과 판자, 잘라놓기만 한 원목이 땅에 쌓여 있거나 혹은 돌벽에 기대어 서 있었다.

"가우리! 갑옷을 벗고 그 목재 위에 앉아! 아까 내가 말한 주의사항을 잊지 말고! 설명할 시간이 없으니까 어서 해!"

그렇게 말하면서 나도 숄더 가드와 망토를 벗고 허리의 검과 양손의 장갑도 벗었다.

망토는 가우리에게 입히고 다른 것들은 그의 갑옷과 함께 목재 뒤쪽에 숨겨놓았다.

그러고 나서 머리띠를 풀어 바지주머니에 넣고 가우리 옆에 앉았다.

"알았지? 최대한 말을 하지 마."

내가 다시 한번 다짐했다. 그때.

골목길에 라하님이 모습을 드러냈다.


"이젠 놓치지 않겠다."

잠시 사이를 두고 물고기인간은 여전히 억양 없는 목소리로 말했다.

나는 의아한 눈으로 그를 바라보면서 **뻔뻔**하게 말했다.

"뭐죠? 갑자기….."

예상대로.

라하님은 말문을 닫고 잠시 무언가를 생각했다.

"속이려고 해도 소용없다. 리나 인버스, 가우리 가브리에프!"

나는 눈을 깜박거리고,

"그러니까 누구예요? 그게….."

물고기인간은 당황해서 두리번두리번 주위를 둘러보았다.

"사람 잘못 봤나? 그럼 묻겠는데 방금 여기에 마법사 차림의 갈색 머리 여자와 전사 차림의 노란색 머리의 남자가 지나가지 않았나?"

"아… 저기 말야, 레온. 그거 말하는 걸까?"

나는 갑자기 옆에 있는 가우리에게 말을 걸었다.

"어? 뭐?!"

갑자기 묻자 당황하는 가우리. 하지만 그가 본색을 드러내기도 전에 라하님이 물었다.

"봤어?!"

"예. 우리들의 눈앞을 슈웅 날아가서 저쪽으로….."

그리고 물고기인간이 있는 곳의 반대쪽을 가리키며,

"저기서 아마 두 번째 모서리인가를… 음… 왼쪽으로….."

"실례했군….."

이야기를 끝까지 들으려고 하지도 않고 라하님은 내가 가리킨 쪽을 향해 맹렬한 속도로 날아갔다.

음훗훗훗….

이리도 멋지게 작전이 성공하니 나도 모르게 웃음이 나온다.

"이봐, 방금 그건 대체 어찌 된 일이지?"

물고기인간의 모습이 사라진 지 얼마 후 가우리가 의아하다는 얼굴로 물었다.

"사람의 개체 식별을 못 하는 거야."

나는 말했다.

"개체… 식별?"

"너도 언덕 위에서 만난 워울프를 보고 '구분이 안 된다'고 했잖아. 그것과 같은 거야. 너무나 종족이 다른 탓에 물고기인간이 본 인간은 기껏해야 머리 색깔과 복장 차이 정도거든. 그래서 골목길에 모습을 드러냈을 때 우리들을 보고 당황했던 거야. 복장이 완전히 달랐으니까. 하지만 머리색은 같았고 이 골목으로 우리들이 들어간 것도 봤으니 수상했겠지.

하지만 그렇다면 이런 곳에 태연히 앉아 있을 리는 없고….

그래서 알 수가 없으니까 '놓치지 않겠다'고 떠본 거야.

내가 가볍게 받아넘기자 녀석은 내 말을 믿고 가버린 거지."

"흐음…."

아직 납득이 되지 않는다는 표정으로 가우리는 벅벅 머리를 긁었다.

"그렇게 구분이 안 되는 걸까? 비슷한 무늬의 고양이가 두 마리 있다면 나라도 어느 쪽이 어느 쪽인지 구분은 한다고."

"두 마리가 한 장소에 있다면 그렇겠지. 몸의 크기, 무늬 색깔과 모양 차이로…. 하지만 다음 날 비슷한 고양이를 한 마리 보았다고 하면 어제 봤던 두 마리 중 어느 쪽인지, 혹은 완전히 다른 고양이인지 하는 건 알 수 없잖아."

"그건 뭐… 그렇군…."

"워울프라면 냄새로 우리들을 알아볼 수 있겠지만…."

"쉿!"

신이 나서 떠드는 나를 가우리가 날카롭게 제지했다.

이유는 곧 알 수 있었다.

골목에 하나의 그림자가 나타난 것이다.

좀 전과 완전히 같은 곳에.

라하님?!

혹시 들킨 건가? 아니, 하지만….

"이봐…."

물고기인간은 나에게 말을 걸었다.

"정말로 두 번째 모퉁이 왼쪽이었어?"

아, 역시 눈치 못 챘다.

"글쎄요…. 그러고 보니 자세히 본 게 아니라서… 어쩌면 세 번째였는지도."

태연하게 말하는 나.

"그렇군…. 실례했다."

그렇게 말하고 물고기인간은 골목 안으로 모습을 감추었다.

그 뒷모습을 바라보며 나는 가우리에게 싱긋 미소 지었다.

"봐. 내 말이 맞지?"


"하지만… 정말 거추장스럽군. 마법사의 망토는."

점심을 먹으면서 가우리는 혼자 투덜거렸다.

"투덜거리지 마. 이걸로 쓸데없는 전투는 피할 수 있으니까. 그렇게 생각하면 별것 아닌 일이잖아."

나와 가우리는 라하님을 겨우 따돌린 후 우선 옷가게로 가서 '변장'을 마쳤다.

나는 하얀색 법의의 승려 차림. 머리카락은 뒤쪽에서 포니테일로 묶고 머리띠는 그대로. 라하님에게 잘린 숄더 가드는 아깝지만 처분했다.

망토와 장갑은 배낭에 넣었고, 검은 허리 뒤쪽에 찼다. 법의의 망토 때문에 검의 모습은 보이지 않을 것이다.

한편 가우리 쪽은 여느 때의 아이언 서펀트 브레스트 플레이트(가슴 갑주) 위로 큼직한 망토를 걸치고, 헤드 링과 애뮬릿 펜던트를 여기저기 주렁주렁 매단 마법사 차림.

머리 모양도 약간 손보긴 했지만 아무래도 허리에 찬 검이 조금 튄다.

이것만은 안 된다며 풀기를 거부했던 것이다.

뭐 기분은 이해하지만….

덕분에 왠지 우람한 마법사가 되어버렸지만, 아이보다 약한 여전사나 강력하고 용맹무쌍한 평화주의자도 횡행하는 시대이니 이 정도는 아무것도 아닐 것이다.

"그렇긴 하지만…."

몸에 달라붙는 망토를 짜증 난다는 듯 떨쳐내며 물고 늘어지는 가우리.

"이건 변장이 아니라 옷만 바꿔 입은 거야. 이래선 눈썰미가 좋은 녀석이 보면 바로 정체가 들통 난다고."

"눈썰미가 좋다면 말이지."

그렇게 말하고 나는 프랜 소다를 한입 마셨다.

"지금까지 우리들을 노렸던 '영웅'님들은 그 귀신처럼 그려놓은 수배서를 보고서 그 옷차림을 참고로 우리들을 발견했겠지만, 옷과 머리 모양을 바꿔버리면 그 초상화만 보고 우리들을 구분하기란 거의 불가능이야. 즉 우리들과 전혀 면식이 없는 현상금 사냥꾼 녀석들은 절대로 알아보지 못하는 거지."

자신만만하게 단언하고 에헴 하며 가슴을 펴 보였다.

남자가 말을 걸어온 것은 딱 그때였다.

"여, 리나. 좋아 보이는구나, 여전히."

나는 황당한 표정을 지을 수밖에 없었다….

돌아보니 내 바로 뒤에 용병 차림의 남자가 한 사람 서 있었다.

일단 적의는 없는 것 같다.

나이는 가우리와 비슷해 보인다. 타는 듯한 붉은 머리카락. 애교 있고 매력적인 용모지만 나이에 어울리지 않게 기른 수염이 그것을 반감시키고 있다.

본인은 그것을 깨닫지 못하고 있는 듯하지만….

…그런데?

"여, 오랜만이야."

가우리는 한 손을 들었다.

"지난번엔 고마웠어."

남자도 손을 들었다.

모르는 것은 나뿐. 왠지 열받는다….

나는 테이블에서 몸을 내밀어서 작은 소리로 소곤소곤 가우리에게 물었다.

"누구야…?"

"무슨 소리야. 란츠잖아."

"뭐?!"

나는 다시 돌아보고 남자의 얼굴을 빤히 쳐다보았다.

"그렇구나. 수염을 길렀네."

적법사 레조 사건과는 다른 사건으로 얼마 전에 알게 된 사람이다. 역시나 여행 중인 용병. 초일류까진 아니더라도 실력은 일류. 그땐 수염 따윈 기르지 않았기에 인상이 꽤 달랐지만.

"그때 다쳐서 침대에서 신음하고 있을 때 멋대로 자란 거야. 한

번 깨끗하게 민 적도 있었지만 역시 기르는 게 좋을 것 같아서….”

“흐음…. 하지만 센스가 영 안 좋아.”

“상관 마. …하지만 너희들도 힘들겠구나.”

란츠는 그렇게 말하면서 양해도 없이 우리 테이블의 빈자리에 앉더니 놓여 있던 요리에 손을 가져갔다.

이런 몰상식한 녀석을 봤나!

“너 말야….”

내 시선을 깨닫고 그는 요리를 우물거리더니,

“걱정 마…. 요즘 주머니 사정도 괜찮고 하니 여기 계산은 내가 할게.”

오오! 사장님! 통도 크셔라!

음음, 꽤나 좋은 녀석이다.

나는 조용히 한 손을 들고 조금 큰 소리로 말했다.

“아줌마, 여기 모둠 세트 A 두 개 추가요!”

“너한테는 양심이라는 게 없냐?”

도끼눈으로 나를 노려보는 란츠.

“이런 녀석과 함께 여행을 하고 있으니 형님도 참 고생입니다.”

이 남자는 예전에 가우리의 검술 실력을 보고 완전히 매료되어 그 뒤로는 가우리를 형님이라 부르고 있다.

“그건 그래. 밥은 많이 먹지, 말썽은 일으키지, 입은 험하지, 매력은 없지….”

“뭐야, 뭐야! 너도 나 이상으로 많이 먹으면서! 란츠 너도 고개를 끄덕이지 마."

"그건 둘째치고. 란츠, 너에게 한 가지 묻고 싶은 게 있는데."

"뭡니까? 형님."

"여기서 처음 우리들을 봤을 때 우리인 걸 금방 알았어? 사실 변장이라고 하긴 했는데…."

그렇게 말하자 란츠는 꽤나 침통한 얼굴로 깊은 한숨을 쉬었다.

"형님… 지금 농담하시는 거죠? 이런 건 변장이 아니라 옷만 갈 아입은 거라고 해요. 다섯 살짜리 꼬마라도 한 번에 간파할걸요?"

"그렇다는데…?"

도끼눈으로 나를 쏘아보는 가우리.

우….

"하… 하지만 우리들을 직접적으로 알지 못하는 사람이라면 모를 것 아냐?"

그렇게 말하는 나에게 란츠는 장난스러운 미소를 띠고 목소리를 낮추어 말했다.

"아하…. 그 수배서 대책이었군."

"알… 알고 있어?"

무심코 큰 소리를 지를 뻔하다가 황급히 목소리를 낮추었다.

"당연하지. 이 근방은 어딜 가든 너희들 소문으로 떠들썩해. 전대미문의 현상금, 대체 무슨 짓을 한 녀석들일까 하고. 뭐 난 너희들이 그런 나쁜 짓을 할 만한 사람들이 아니라는 건 알지만.

하지만 이렇게 화제가 될 만큼 현상금이 걸린 걸 보면 상당한 거물에게 찍힌 모양인데 대체 무슨 짓을 한 거지?”

사람을 혼란의 근원처럼 말하지 않았으면 좋겠다.

“뭐… 그럴 만한 사정이 좀 있어.”

나는 일부러 말을 흐렸다.

“흐음…. 그렇다면 그 수배를 한 녀석에게서 도망치고 있는 셈이군.”

“아니. 사일라그에 있는 그 녀석에게서 초대를 받았어.”

쓸데없는 소리를 입 밖에 내는 가우리.

여기서 다른 사람을 끌어들이면 어떡해.

“호. 반격하려고? 그렇군. 너희들다워. 그럼 형님, 저도 함께 사일라그에 갈까요? 그렇게 하면 적어도 현상금을 노리고 찾아오는 녀석들의 눈은 속일 수 있을 텐데.”

갑자기 뜻밖의 말을 꺼내는 란츠.

지난번 사건 때에는 마족들이 배후에 있다는 것을 안 순간 바로 일에서 손을 뗀 주제에.

“잠깐, 너…. 말이 쉽지 상대는 상당한 거물이야. …뭐 우리들도 아직 실상을 다 아는 건 아니지만.”

“알고 있다니깐. 네가 말하지 않아도.”

속 편하게 말하는 란츠.

“뭐, 너희들에겐 빚이 있기도 하니까. 그리고 같이 가줄 뿐이지 함께 싸워줄 생각은 없어. 안 그래도 사일라그에 갈 생각이었고 말야.”

"간다니? 너, 돌아오는 길 아니었어?"

나는 어이가 없어서 물었다.

그가 사일라그에 간다며 마을을 떠난 것은 우리들이 그 마을을 뜨기 1주일도 더 전의 일이었다. 이미 사일라그 관광인지 뭔지를 끝마치고 돌아오는 길인 줄 알았는데.

"너 그동안 대체 뭘 한 거야?"

가우리가 묻자 그는 멋쩍은 듯 머리를 긁었다.

"그게… 도중에 여러 가지 일들이 있어서….""

…이 반응으로 보건대 또 여자 꽁무니라도 따라다녔나 보군. 이 녀석….

뭐 그건 둘째치고.

"하지만 진심이야? 다시 한번 말하는데 이번 상대는 어쩌면 지난번보다 훨씬 안 좋을지도 몰라."

나의 말에 한순간 말을 못 하는 란츠. 정직한 반응을 보이는 녀석이다.

"뭐…… 뭘. 위험해지면 방해가 되기 전에 냉큼 도망치면 될 거야."

말하고 나서 무의미한 웃음.

"뭐, 네가 그럴 생각이라면 말리진 않겠지만…. 하지만 위험할 것 같으면 정말 도망쳐. 이번엔 다른 사람까지 신경 쓸 수 있을지 보장할 수 없으니까."

진지한 얼굴로 말하자 그는 마른침을 삼키고 진지한 얼굴로 고개를 끄덕였다.

그날은 아침부터 쾌청했다.

여행은 매우 순조로워서 이대로라면 세 사람은 오후쯤엔 사일라그에 도착할 수 있을 것이다.

변장과 플러스 한 명이 효과가 있었던 것이리라. 그 뒤로 우리들의 목숨을 노리는 현상금 사냥꾼과 '정의의 용사'는 신기하리만큼 모습을 드러내지 않았고 레조의 부하라는 녀석들도 나타나지 않았다.

"어쨌거나 무사히 도착할 것 같군."

쾌활한 목소리로 말하는 란츠. 나는 가볍게 고개를 끄덕였다.

"그건 그래. 하지만 방심은 금물이야."

"알고 있다니까."

"조금만 더 가면 숲이 있어."

갑자기 작은 소리로 중얼거리는 가우리. 나와 란츠는 그에게 주목했다.

"'독기의 숲'이라는 이름이었던 걸로 기억해. 내내 묘한 기척이 떠도는 곳이라서 적이 있다고 해도 기척으로 알기란 무리인 곳이지. 만약 녀석들이 습격해온다면 아마도 그곳일 거야."

"흠…."

나는 긴장의 끈을 여미다가 문득 어느 사실을 깨달았다.

"하지만 가우리, 어째서 네가 그런 걸 알고 있지? 이 앞에 숲이 있다든지, 그것이 '독기의 숲'이라는 이름이라든지…."

나도 '독기의 숲'에 서린 전설은 알고 있었다. 일찍이 사일라그를 멸망시킨 마수 자나파가 빛의 검의 전사에 의해 쓰러질 때 흘린 대량의 피가 이 숲의 땅 일대에 퍼졌다고 한다.

그 후 그곳에는 계속 묘한 요기(妖氣)가 서리게 되었고, 그 때문일지는 몰라도 그 숲 속에서 일어난 행방불명 사건과 범죄 발생 건수는 그 악명 높은 항구 마을 프로에이브 슬럼가의 몇 배나 되었다.

마법사 사이에선 비교적 유명한 이야기인데 아무리 '빛의 검의 전사'의 후예라고 해도 일반 상식도 제대로 알지 못하는 이 남자가 그 숲에 대해 알고 있을 줄이야….

나의 지적에 가우리는 뭐라 형언할 수 없는 미묘한 표정을 지었다.

"아… 아니…. 전에 한 번 이 근처에 온 적이 있어서…."

"흐음…."

"수상한데…?"

눈을 가늘게 뜨고 그를 노려보는 나와 란츠.

"뭐… 뭐야, 너희들. 그 눈은?!"

"그러고 보니 사일라그에 간다고 했을 때 그다지 내켜하는 표정이 아니었어…."

라고 말하는 나.

"설마 분별없이 여기저기 아무 여자한테나 손을 댄 건 아니겠죠? 형님."

란츠가 나의 말에 거들었다.

"사일라그에 도착하면 아이들이 엄청 많다든지."

"'아빠, 날 만나러 와줬구나' '아니야. 이건 우리 아빠야' 그러는 아이들이 한 다스 정도…."

"그래. 잘한다! 좀 더 말해줘!"

"있잖아…. 너희들…."


숲은 기분 나쁠 만큼 조용했다.

이상하게 차가운 공기.

생생하리만큼 강렬하게 풍겨오는 풀 냄새.

나뭇잎은 칙칙할 정도로 짙은 색을 띠고 있다.

"뭐라 말할 수 없이… 묘한 곳이군…."

몸을 부르르 떨면서 란츠는 혼자 중얼거렸다.

"그래… 묘해…."

나는 숲 전체에 충만한, 독기를 살짝 뿌려놓은 듯한 이상한 기척을 느끼고 있었다.

숲은 그저 조용히 웅크리고 있었다.

어디에나 있을 법한 새 울음소리 하나, 벌레 울음소리 하나조차 들리지 않았다.

마치 꿈속에 나오는 죽음의 숲 같다.

그러면서도 기척만은 있었다.

나무 위에서도, 수풀 속에서도, 그리고 바로 발밑에 있는 잡초 속에서도 이상한 기척이 느껴졌다.

숲 자체가 뿜어내는 기척이었다.

"확실히 소문대로… 숲 자체가 이만큼 이상한 기척을 뿜어대는 이상 어딘가에 적이 숨어 있다고 해도 전혀 알 수 없겠어…."

그렇게 말한 순간.

부스럭 하고 수풀의 잎새가 흔들렸다.

"뭐야?!"

"무언가… 있는 건가?!"

가우리와 란츠는 동시에 칼자루를 손에 가져갔다. 나는 소리가 난 곳과 반대쪽의 수풀을 경계했다. 방금 것이 적의 양동 작전일 가능성도 충분히 생각할 수 있기 때문이다.

그곳에 적이 숨어 있다는 확신이 있다면 공격마법을 한 방 날려주겠지만, 관계없는 사람이 뭔가 볼일이 있어 그곳에 와 있는 경우도 생각할 수 있기에 그러지 못했다.

수풀은 그 뒤로 움직이지 않았다.

우리들도 움직일 수 없었다.

"어떡할래…?"

가우리가 물었다.

"어쩌면… 토끼나 들짐승이 낸 소리일지도 몰라."

란츠도 말했다.

기척을 전혀 알 수 없다는 것은 실로 불편한 일이다.

하지만 이대로 계속 이러고 있을 수도 없고….

그때.

"으… 음…."

수풀이 흔들린 곳 근처에서 작은 신음 소리가 들려왔다.

아직 젊은 여자의 목소리.

"뭐야. 여자잖아."

갑자기 경계를 풀고 무방비하게 다가가는 란츠.

"아. 이봐, 란츠!"

가우리가 외쳤을 때 이미 란츠는 수풀 속으로 사라진 뒤였다.

상대가 여자라면 적이 아닐 거라 판단하는 것은 남자의 슬픈 속성인 듯하다.

"이봐. 괜찮아. 그냥 걸려 넘어진 것 같아."

여유 있는 목소리가 들려왔다.

나와 가우리는 잠깐 얼굴을 마주 보고 나서 수풀 속으로 들어갔다. 그곳에 한 여자가 쓰러져 있었다.


여자… 라기보다 '소녀'라고 하는 편이 어울릴 것이다.

나이는 나와 별로 차이가 없어 보였다.

짧은 민소매 상의에 반바지, 팔까지 올라오는 보들보들한 장갑과 허벅지까지 올라오는 긴 양말 차림이긴 하지만 이 계절에 꽤 추워 보인다. 배꼽도 훤히 드러나 보이고…

단발로 자른 갈색 머리에는 선명한 붉은색 머리띠. 허리에 찬

큼직한 나이프.

겉으로 보기엔 견습 여도적이라고 할까. 남성적인 복장이 꽤 잘 어울리는 귀여운 소녀였다.

빌어먹을. 가슴이 나보다 쬐끔 더 크다….

세 사람은 쓰러져 있는 소녀와 거리를 조금 둔 채 물끄러미 바라보았다.

"어떡할래?"

묻는 가우리.

"망설일 게 뭐 있어. 재미 좀 보자. 헷헷헷…."

"지금 저속한 농담을 하고 있을 때가 아니야, 란츠. 적의 함정일지도 모르잖아. 아니더라도 그냥 내버려둘 수 없고…."

"그럼 구하자고. 귀여운 소녀 중에 나쁜 사람은 없다고 했어."

너 말야…. 란츠.

"동감이야."

의미 없이 힘차게 고개를 끄덕이는 가우리.

아아… 남자는 이래서 문제야.

"이봐. 정신 차려. 대체 무슨 일이 있었던 거지?"

란츠는 그녀를 안아 일으키고 말을 걸면서 가볍게 흔들었다. 그 와중에 이상한 곳을 만지는 것이 아무래도 란츠답다.

"으… 음… 아… 우…."

그녀는 조용히 눈을 뜨고 새끼 고양이처럼 기지개를 켰다.

꽤나 태평스러운 녀석이다.

"음… 어?"

먼저 눈앞에 있는 란츠의 얼굴을 물끄러미 바라보더니 계속해서 두리번두리번 주위를 둘러본다.

그러고 나서 손가락을 딱 튕기더니,

"당했다…. 제기랄, 제르가디스 녀석!"

""제, 제르가디스?!""

나와 가우리의 목소리가 일치했다.

"너 제르를 알아?"

엉겁결에 그녀에게 다가가는 나.

"알고말고… 아아아아앗?! 리나 인버스?! 웁…."

그녀는 황급히 자신의 입을 막더니 반바지 주머니에서 무언가를 부스럭부스럭 끄집어냈다.

우리 세 사람의 수배서였다.

그것을 우리들과 비교해서 보더니,

"역시! 리나 인버스와 가우리 가브리에프! 기타 한 명?!"

"이봐, 이봐…."

노골적으로 얼굴을 찌푸리는 란츠.

"사람 잘못 봤어. 자주 오해를 사는데 우리들은 그 뭐시기라는 사람과는 다른 사람이야."

나는 온화한 미소를 띠면서 뻔뻔스럽게 말했다.

하지만 그녀는 왼손에 든 수배서를 오른손 손가락으로 탁 튕기더니,

"아니, 틀림없어. 다른 사람이라면 속일 수 있어도 천하에 명성이 자자한 이 현상금 사냥꾼 에리스는 속일 수 없다고!"

"천하에 명성이 자자한… 이라니, 처음 들어봐, 그런 이름…."

"응…."

"전혀 못 들어봤군…."

"처… 천하에 이름을 떨칠 예정이야! 어쨌거나! 여기서 나를 만난 것이 운이 나빴어! 얌전히 붙잡히라고!"

말이 끝나기가 무섭게 나이프를 뽑아들고 나를 향해 달려들었다.

어림없지….

나는 나이프를 쥔 오른손을 붙잡아서 쉽게 비틀어 올렸다.

"아야야야야야야! 이… 이거 놔! 이 비겁자!"

에리스는 나에게 제압당한 채로 발버둥을 쳤다.

"갑자기 나이프를 휘두르며 덤벼놓고 누구더러 비겁하다는 거야."

"날 이긴 상대에겐 비겁자라고 부르기로 했어!"

"리나와 통하는 부분이 있는데? 이 여자…."

"그게 무슨 소리야, 란츠…. 너도 고개를 끄덕이지 마! 가우리! 자, 에리스. 너한테 묻고 싶은 게 있는데…."

그렇게 말하자 그녀는 작게 코웃음 치더니,

"수배범이 묻는 말에 죽는다 해도 대답할 것 같아?"

"그럼 그렇게 해줄까?"

"아, 그러지 마세요, 언니♡ 뭐든지 대답할 테니까♡ 예?"

꽤 오래 살 것 같은 녀석이다….

"아까 네가 말했던 제르가디스 말인데, 그 사람 이 근처에 와 있어?"

"응. 수배서를 본 이후 줄곧 녀석의 목을 노렸는데… 야야얏, 너무 세게 잡지 마…! 녀석이 사일라그에 온 것이 벌써 닷새쯤 전이었나…? 수배를 한 사람이 적법사님이라는 사실을 어딘가에서 알았는지…."

"잠깐! 그렇다면 역시 사일라그에 적법사 레조가 있다는 거야?!"

나는 그녀의 말을 끊고 물었다. 에리스는 잠시 맘에 안 든다는 표정을 지었지만 얌전히 물음에 답했다.

"계셔. 혹시 너희들도 그분의 목숨을 노리고?!"

레조에 대해 존댓말을 쓰면 나로선 상당히 위화감이 들지만, 그의 정체를 제대로 모르는 세간에서는 지금도 그를 성인군자 취급하고 있으니 어쩔 수 없다.

여기서 '알고 보면 레조는 나쁜 녀석이야'라고 설명할 시간은 없고, 설명한다고 해도 믿어줄 것 같진 않았다. 어쩔 수 없이 조금 맞장구를 쳐주기로 했다.

"터무니없는 오해야. 애초에 그 수배서 자체가 어느 남자의 간계로 적법사가 오해한 것에 불과해. 우리들은 그 오해를 풀기 위해 사일라그로 향하고 있는 도중이야. 이렇게 말해도 믿어주진 않겠지만."

뭐, 애초에 거짓말이지만….

"하지만 제르가디스 쪽은 우리들과 따로 행동하는 탓에 그런 사정을 전혀 모르고 있어. 그래서 적법사의 목숨을 노리고 있는 거겠지…. 어쨌거나 그를 만나서 이야기하지 않으면 안 돼. 그러니까… 가르쳐줘. 지금 사일라그에선 대체 무슨 일이 일어나고 있지?"

"으음…."

그녀는 붙잡히지 않은 쪽 손으로 머리를 긁적이더니 이야기를 시작했다.

"어디서부터 이야기하는 게 좋을까…. 어쨌거나 사일라그에 적법사님이 온 것은 지금으로부터 한 달쯤 전이었는데… 뭐, 그 부분의 사정은 나도 나중에 들은 것이지만….

먼저 마을의 신관장님께 가서 우선 너희들 세 사람의 수배를 했다고 들었어.

난 어느 마을에서 제르가디스를 발견하고 이 마을까지 쫓아오게 되었지.

제르가디스는 사일라그 신관장의 딸과 손을 잡고 적법사님의 목숨을…."

"자… 잠깐 기다려."

다시 그녀의 말을 중간에 끊는 나.

"제르는 둘째치고… 어째서 신관장의 딸까지 한패가 되어 적법사의 목숨을 노리는 거지?"

"내가 알 리 없잖아, 그런 것까지…. 어쨌거나 그 계획은 결국 실패로 끝났고 마을은 발칵 뒤집혔어."

"그렇겠지…."

제르가디스도 참…. 덕분에 움직이기 어려워졌잖아….

나중에 만나면 한마디 해줘야겠다.

"당연히 마을에선 숨을 수도 없게 된 셈인데… 봤어, 난. 그 두 사람이 이 '독기의 숲'으로 들어가는 것을…."

"그래서 혼자 뒤를 밟은 거야?"

나는 어이없어서 말했다.

"누군가 사람을 부른다든지…."

"바보. 그런 짓을 하면 받을 수 있는 돈이 줄어들잖아.

어쨌거나 뒤를 밟긴 했는데 들킨 모양인지… 오히려 매복을 당해서 기습을 받고 말았어."

"흐음…. 정말 웃기는 이야기로군…."

"진지한 얼굴로 말하지 마."

"그래…. 이걸로 대충은 알았어. 사정은 이런데 어떡할래? 가우리."

"아… 미안. 전혀 듣지 않았어."

"아… 아… 아…."

나는 그 자리에 무너지고 말았다.

"그러니까… 개도 알아들을 수 있게 말하면 이 숲 속에 제르가디스가 있다는 말이야!"

"그럼 찾으러 가면 되잖아."

너무나 속 편하게 말하는 가우리. 찾으러 가자니….

"어떻게 찾으라는 거야?"

"그걸 알면 내가 이런 고생을 하겠어?"

"전혀 한 일도 없잖아! 넌!"

헥헥….

"리나, 너무 흥분하면 몸에 안 좋아."

란츠는 대화하는 우리를 바라보면서 굉장히 어이없다는 어조로 말했다.

"너희들… 죽이 참 잘 맞는구나…."

"어… 어쨌거나, 이대로 발칵 뒤집힌 사일라그로 직접 가기보다는 일단 제르를 찾아서 상황을 자세히 듣는 편이 좋겠어."

동시에 고개를 끄덕이는 가우리와 란츠.

"그런데 이 녀석은 어떻게 하지?"

란츠는 에리스를 턱으로 가리키며 말했다.

"아… 아하… 저기…."

어색한 미소를 띠는 그녀.

"난 슬슬 이쯤에서 실례할까 하는데…."

그 말을 무시하고 란츠가 말했다.

"놔주면 마을로 돌아가서 사람을 불러올 우려가 있고, 그렇다고 데리고 다니는 건 거추장스러울 것 같군. 하지만 사건과 직접 관계도 없는 녀석이니 죽일 수도 없고….

한 번 더 기절시켜서 요 근방에 버려두고 가는 게 적절한 선 아니겠어?"

"뭐, 그 정도겠지."

"자… 잠깐 기다려!"

란츠와 나의 말에 허둥대는 에리스.

"싫어. 그런…. 애초에 난…."

그녀가 말을 끝내기도 전에….

그것은 나타났다.


수풀의 잎새가 부스럭거렸다.

가우리와 란츠는 황급히 몸을 피했다.

방금까지 두 사람이 서 있던 공간을 하얀 창 같은 것이 한순간 꿰뚫더니 다시 돌아갔다.

나는 에리스의 손을 놓고 자리에서 재빨리 일어섰다.

두 사람은 이미 검을 뽑은 상태였고, 가우리는 움직이기 거추장스러운 변장용 검은 망토를 벗어 던졌다.

"호오… 상당한 몸놀림이군요…."

수풀을 헤치고 한 남자가 모습을 드러냈다.

에리스는 입을 가리고 작은 비명을 토했다.

"뭐… 뭐야. 이게…."

무리도 아니었다.

몸의 굴곡을 뚜렷이 알 수 있을 만큼 몸에 착 달라붙은 새카만 옷을 입은 남자.

오싹할 정도로 미남이었지만 그것은 얼굴 왼쪽 절반에 한정된 이야기였다.

그 반대쪽… 얼굴의 오른쪽에는….

아무것도 없었다.

눈썹도, 머리카락도, 눈도, 귀도.

입은 얼굴 중앙에서 끊겨 있는 형상이었고 코의 융기조차 그곳을 경계로 소실되고 없다.

오직 맨들맨들하고 하얀 살덩이가 있을 뿐….

"마족…."

나의 작은 중얼거림에 그는 깊이 허리를 숙였다.

"레조 님의 부하 중 하나인 비제아라고 합니다. 앞으로 아는 척 해주시길."

"그리 오래 사귀고 싶은 생각은 없는데…."

한쪽 눈썹을 치켜 들고 야유조로 말하는 가우리.

"그거 유감이군요."

비제아는 한쪽밖에 없는 입술을 씨익 치켜올려 웃는 형태를 만들어 보였다.

"이쪽도 실은 당신들과 길게 함께 할 생각은 없는데…."

내 옷자락을 쭉쭉 잡아당기는 에리스.

"왜 그래?"

돌아보지도 않고 말하는 나.

"방금… '마족'이라고 하지 않았어?"

묻는 목소리가 떨리고 있다.

"그랬어."

"하… 하지만, 하지만 나도 레서 데몬을 한 번 만난 적이 있지만 생김새가 전혀 다른데….."

"그것보다 고위의 좀 더 버거운 상대야."

"조… 좀 더라면 레서 데몬에 비해 어느 정도…?"

"새끼 고양이와 호랑이 정도."

"나 돌아갈래!"

반쯤 비명에 가까운 소리를 지르고 허둥지둥 도망치는 에리스. 말릴 생각은 물론 없었다. 그녀를 지키면서 싸울 수 있을 만큼 만만한 상대가 아니었으니까.

하지만….

"꺄악!"

뒤쪽에서 에리스가 작게 외쳤다.

나는 놀라 돌아보았다.

도망치려고 하던 그녀의 눈앞을 한 마리 거대한 거미가 가로막고 있었다.

"보내줄 수 없지, 아가씨."

혀로 입술을 핥으며 그것은 인간의 말을 토했다.

여덟 개의 다리와 거대한 배. 그 형상은 분명 거대한 거미였다.

하지만 피부와 얼굴은 틀림없는 인간.

하지만 그렇다면 혹시 저 녀석도 이상한 곳에서 실을 뽑아내는 건 아닐까…?

상상만 해도 저속하기 그지없는 녀석이다.

…실제로 상상하진 말기를. 충고해두지만 식욕이 뚝 떨어질 테니까.

"보내줘라, 바츠."

다른 장소에서 다른 목소리가 들렸다.

"상관없는 사람을 가지고 놀 여유가 있을 만큼 만만한 상대가 아니니까."

나타난 세 사람째는 흑의를 걸친 마법사였다. 이렇다 할 특징이 없는 복장과 용모였지만 이마에 박힌 루비가 왠지 마음에 걸렸다.

"칫…."

거미인간은 천박하게 침을 뱉었다.

"마음씨가 좋군, 브루무군 님은."

""뭐?!""

나와 가우리 두 사람은 동시에 소리를 질렀다.

"오랜만이군."

마법사는 씨익 웃어 보였다.

"너희들에겐 신세를 많이 졌지만 이번엔 내가 이겨야겠다."

"자… 잠깐, 너!"

나는 놀라 소리를 질렀다.

"네가 브루무군일 리가 없어! 그 녀석은 죽었다고!"

마법사는 여전히 냉소를 지은 채 말했다.

"그 정도로 나 브루무군이 죽을 거라 생각해?"

그 정도… 라니, 이 아저씨….

그가 라하님과 딜기아를 이끌고 우리들을 습격한 그날….

내가 쏜 주문은 정확히 그를 강타했다.

브루무군이 어떻게 되었는지는 나도, 가우리도 똑똑히 두 눈으로 보았다.

단언하건대 드래곤의 체력과 트롤의 회복력, 거기에 바퀴벌레 수준의 생명력을 가지고 있다 해도 그 상태에서 되살아나기란 불가능했다.

"그 상태에서 살아나다니… 꽤 몰상식한 녀석이군."

반쯤 감탄했다는 어조로 말하는 가우리.

몰상식이니 뭐니 하는 문제가 아닌 것 같다는 생각이 들지만…….

"이걸로 대충 3대3인가…."

거미인간 앞에서 꼼짝도 못 하고 있는 에리스만은 숫자에서 제외하고 나는 자신만만한 미소를 지었다.

"아니…."

브루무군은 조용히 머리 위를 가리켰다.

나뭇가지 사이로 비치는 햇살 속을 누비고 있는 그림자 하나.

라하님!

나는 힐끔 에리스 쪽을 바라보았다.

"이걸로 4대4구나…."

"나를 포함시키지 마!"

당황해서 외치는 에리스.

"어째 됐든 불리한 건 너희들이야."

왠지 낮은 목소리가 났다. 이봐, 이봐…. 아직 더 있는 거야?

비제아의 뒤쪽에서 모습을 드러낸 것은 귀가 엄청 큰 트롤을 땅딸막하게 찌그러뜨린 듯한 녀석이었다. 늘어뜨린 양손이 이상하리만큼 길다.

아무래도 이 녀석은 트롤과 무언가의 키메라(합성수)인 듯한데….

"그렇지, 비제아?"

"그래."

마족은 그렇게 말하고 오른손을 높이 치켜올려 손가락을 딱 튕겼다.

숲의 독기가 더욱 짙어졌다.

부스럭.

주변의 나무들이 술렁거렸다.

그리고….

"꺄악!"

에리스가 가녀린 비명을 질렀다.

가우리와 란츠는 경직했고 내 등에는 한기가 일었다.

숲 속에서 나타난 레서 데몬, 그 숫자는 한 다스를 훌쩍 넘었다.


잘 생각해보니….

진짜인지 아닌지는 접어두더라도 사일라그에는 '레조'가 있었다. 이른바 이 근처는 적법사의 홈그라운드, 이 정도의 전력이 나오리란 각오는 했어야 했다.

아마 그들도 이 숲으로 제르가디스가 도망쳤다는 정보를 포착하고 온 것이리라.

그리고 어찌 된 연유인지 아직 살아 있었던 브루무군이 우연히 우리들을 발견한 것.

그 마법사가 살아 있다는 게 아직도 믿어지지 않지만, 그와 라하님을 제외한 녀석들은 우리들과는 첫 대면이었고, 물고기인간은 인간을 구별하지 못한다.

그렇게 생각하면 역시 브루무군이 살아 있다고 생각하는 것이 가장 자연스러운데….

어쩌면 이 변장이 별로 효과가 없었던 건 아닐까?

혹은 '브루무군'이라는 것은 어느 일족의 통칭이고, 단순히 나와 가우리가 '리나' '가우리'라고 부르는 것을 어쩌다 엿들은 것일지도….

어쨌거나 그보다 우선시해야 할 문제는 이 난국을 어떻게 극복하느냐이다.

레서 데몬 한 다스…. 최소한 이것들만이라도 어떻게 해주었으면 좋겠는데.

이 녀석들만 없다면 포위망을 뚫고 강행 돌파하는 수단도 쓸 수 있으니까.

대충 해설하자면 레서 데몬이라는 것은 세간에서 '마족'이라 부르는 것들 중에서 가장 하위의 존재이다.

그렇다고 해도 어지간한 전사나 마법사가 대적할 수 있을 만한 상대는 아니다.

땅, 물, 불, 바람의 정령 요소를 쓰는 정령마법은 거의 통하지 않았고, 물리적인 공격이 듣기는 하지만 그 피부는 드래곤의 비늘에 버금가는 강도를 가지고 있다.

물론 세기의 천재 마법사인 나에게 걸리면 그리 어려운 상대는 아니지만 문제는 그 숫자였다.

그렇다면 마지막 수단은….

"아, 참…. 자기소개를 아직 안 했군."

마지막에 나온 트롤 나부랭이가 우리들을 정면으로 바라보며 말했다.

뒤쪽에 있던 거미인간 바츠가 조용히 옆으로 이동했다.

…안 해도 돼, 그딴 거. 이런 녀석의 이름 따윈 알아봤자 기쁘지도 않으니까….

"내 이름은 고루아스. 인간식으로 말하면 그렇고, 정식 발음은 …."

그는 크게 입을 벌렸다.

# 쾅!

나뭇가지들이 격렬하게 흔들렸고 나뭇잎이 흩날렸다.

강렬한 충격파가 우리들을 강타했다.

"!"

모두가 소리 없는 비명을 질렀다.

치명상과는 거리가 멀었지만 물구나무서기에 실패해서 등부터 땅에 내팽개쳐지는 정도의 충격은 있었다.

우리들의 움직임이 잠시 멎었다.

그 순간….

무수한 하얀 창이 우리들을 향해 날아왔다.

비제아의 얼굴 오른쪽에 생겨난 살의 창이.


그리고 싸움은 시작되었다.

"꺄아아악!"

에리스는 한심한 비명을 지르더니 맥없이 쓰러졌다.

그 바로 옆을 하얀 살의 창이 스쳤다.

가우리는 여유 있게, 란츠는 간신히 검으로 튕겨냈다.

나는 뒤쪽으로 물러나서 쓰러져 있는 에리스의 몸 위를 뛰어넘어 그 뒤쪽에 있는 거미인간 바츠 쪽으로 갔다.

허리 뒤쪽에서 검을 뽑아 바츠를 공격하면서 입속으로 작게 주문을 외웠다.

"후욱!"

거미인간은 너무나 기쁜 듯한 소리를 지르며 가까운 나뭇가지에 매달렸다.

머리를 밑으로, 배를 위로 한 형상으로.

위치상 불리하다. 나는 물러나서 간격을 벌렸다.

"카앗!"

바츠가 도약했다. 여덟 개의 다리 각각에는 작은 나이프 같은 발톱이 날카롭게 돋아나 있었다. 이것을 모두 검으로 막는 것은 불가능. 그렇다면….

나는 바로 자세를 낮추고 한 바퀴 앞으로 굴렀다.

덕분에 주문은 중단되었지만 바츠의 공격은 가볍게 피했다.

몸을 일으키려 한 순간, 눈앞에 빛의 구슬이 있었다.

"이크!"

반사적으로 몸을 눕혔다. 빛의 구슬은 나보다 한참 뒤쪽에 있는 나무들에 명중해서 붉은 불꽃을 뿌렸다.

아무래도 방금 것은 브루무군이 쏜 파이어 볼인 것 같다.

한편 란츠는 급강하해서 접근한 라하님과 맞서 싸우고 있었다. 하지만 라하님도 장애물이 많은 숲 속에서는 제대로 속도를 낼 수 없어서인지 좀처럼 공격의 실마리를 잡지 못하고 있었다.

가우리는 옆에서 도약하면서 품속에서 가는 바늘을 하나 꺼내더니 칼자루의 칼날을 고정하는 금속구를 쿡 찔러서 빼냈다.

"하앗!"

그대로 고루아스를 검으로 내리친다. 보통이라면 도저히 검이 닿을 거리가 아니지만 고정쇠가 빠진 까닭에 도신만이 고루아스를 향해 날아갔다. 그에 이어 돌격하는 가우리.

"아닛?!"

당황해서 피하는 고루아스의 눈앞으로 달려드는 가우리.

"빛이여!"

외치자 그가 들고 있던 자루뿐인 검에 칼날이 생겼다.

마족조차 베어버리는 빛나는 한 줄기 빛의 칼날이.

그의 비장의 무기. '빛의 검'!

이걸로 일단 한 마리!

그렇게 생각한 순간, 가우리가 다시 크게 옆으로 도약했다.

그때까지 그가 있던 장소를 수십 발의 플레어 애로가 불태웠다.

레서 데몬의 공격이었다. 치잇! 쓸데없는 짓을!

그러고 보니… 혼자서만 편하네…. 란츠.

다시 나를 향해 거미인간 바츠가 덤벼왔다. 나는 겨우 몸을 피하고 쌍방에게 무시당한 채 슬금슬금 도망치려 하고 있던 에리스의 옆에 착지했다.

주문을 외울 시간만 있다면….

이어지는 바츠의 공격에 나는 다시 장소를 이동했다. 나도 검은 쓸 수는 있지만 손발이 여덟 개나 되는 비상식적인 녀석과 검으로 싸울 생각은 눈곱만큼도 없었다.

거미인간은 에리스 옆에 착지하더니 힐끔 그녀 쪽으로 시선을 돌렸다.

이런! 그녀를 노리고 있다!

"눈에 거슬려, 넌."

그렇게 말하고 그녀를 향해 다리 하나를 치켜 올렸다.

그녀는 그 자리에 굳어 있었다.

그때.

"그러지 말랬지! 바츠!"

마법사 브루무군의 비명에 가까운 질책이 이어졌다.

잠시 움직임을 멈추고 바츠는 노골적으로 혀를 찼다.

"금방 끝낼 수 있었는데!"

"녀석에 대한 공격을 늦추지 마라!"

말했을 때에는 이미 늦었다.

그 한순간의 틈을 놓칠 내가 아니었다.

나의 빠른 입을 얕보면 곤란하다.

이미 주문은 완성된 상태였다.

"블래스트 애시[黑妖陣]!"

쿠웅!

무거운 소리와 함께 내가 쏜 주문은 숲의 나무들과 두 마리의 레서 데몬, 그리고 그 앞에 있던 마법사 브루무군을 순식간에 검은 먼지로 만들어버렸다.

"아니?!"

바츠는 사태가 이 지경에 이르자 자신이 상대하고 있던 적의 실력을 깨달았는지 다리를 치켜든 상태로 움직임을 멈추었다.

경직에서 풀린 에리스가 황급히 자리에서 피했다.

조건이 불리한 것은 여전했지만 좀 전의 공격으로 싸움의 흐름
은 상당히 이쪽으로 기울었다.

"구오오오옷!"

거꾸로 매달려서 소리를 지르는 바츠. 나는 다시 여유 있게 몸
을 피하면서 조금씩 란츠 쪽으로 다가갔다.

주문을 다 외울 때까지 어떻게든 그로 하여금 시간을 벌게 하고
싶었지만….

그 역시 꽤나 고전하고 있었다.

라하님의 공격이라면 몰라도 산발적으로 뒤쪽에서 마법공격을
하는 레서 데몬들이 성가셨던 것이다.

가우리 쪽은 그 이상으로 고전할 수밖에 없었다.

비제아가 인간의 것이 아닌 언어로 레서 데몬들에게 지시를 내
렸다. 여러 마리의 레서 데몬이 일제히 가우리를 향해 주문을 발
사했다.

그래도 전부 다 피해내는 것이 그의 굉장한 점이었다.

"고루아스! 충격파를!"

목표를 가리키며 말하는 비제아. 가우리의 공격에서 벗어난 고
루아스는 한 번 고개를 끄덕이더니 크게 숨을 들이마셨다.

레서 데몬과 라하님의 공격을 피하기에도 벅찬 란츠를 향해서.

게다가 란츠는 그 움직임을 눈치채지 못하고 있었다!

"란…."

그렇게 외치려던 나에게 끈질기게 공격을 가하는 바츠.

고루아스는 크게 입을 벌렸다. 그 순간….

푸학!

그 몸이 사방으로 흩어졌다.

"아니!"

그렇게 외친 비제아의 눈앞에서 레서 데몬 한 마리가 순식간에 빛이 되어 사라졌다.

고위 승려가 사용하는 '파사(破邪)의 법술'이었다.

"많이 기다렸지?"

한 남자가 우리들 앞에 등장했다.

…멋진 역할을 **뺏**겼는걸.

새하얀 관두의를 걸친 은발의 잘생긴 청년.

하지만 그 피부는 검푸른 바위.

그렇다고 골렘은 아니다. 일찍이 '힘을 준다는' 적법사의 말에 속아 골렘과 블로 데몬과 합성되었으나 그 때문에 결국 레조를 배신한 남자.

움직임을 멈춘 바츠에게 등을 돌리고 나는 그에게 미소 지어 보였다.

"오랜만이야. 왜 이렇게 늦었어? 제르가디스."


"칫!"

곧 제정신을 찾은 바츠는 등을 돌린 나에게 덤벼들었다.

나는 코끝으로 웃고 한 발짝 오른쪽으로 이동했다.

거미인간은 내 옆을 지나쳐서 그대로 철퍽 땅에 쓰러졌다.

"이럴 수가…."

작게 몸을 떨면서 전혀 움직이지 못하는 바츠.

또 한 사람의 상대… 그에게 방금 '라파스 시드[靈縛符]'를 건 승려의 존재를 눈치채지 못했던 것이 그의 실수였다.

내가 외운 '모노볼트[電擊]'가 거미인간 바츠의 숨통을 끊어놓았다.

숲 속에서 나타난 것은 20세쯤 되어 보이는 아름다운 여성. 아마도 그녀가 제르와 함께 있다는 사일라그 신관장의 딸일 것이다.

"일단 인사는 나중에 하죠."

연자색 법의를 걸친 검고 긴 머리카락의 그녀는 그렇게 말하고는 내게 미소 지어 보였다.

만약 내가 남자였다면 한눈에 반할 만한 미소.

싸움의 형세는 단숨에 역전되었다.


"이제 물러설 곳은 없다."

제르가디스는 자신만만한 미소를 지었다.

이제 상대는 레서 데몬 한 마리와 라하님, 그리고 마족 비제아만 남았을 뿐.

"자, 어떡할래…? 물론 봐줄 생각은 없지만 말야…. 상대의 전력은 최대한 줄여놓는 게 좋으니까."

"봐준다고요…?"

제르가디스의 말에 조소하듯 말하는 비제아.

"그 말 그대로 되돌려드리죠."

"대단한 자신감이네. 하지만 이 상황에서 단숨에 역전하기는 어려울 것 같은데?"

"무리겠지요."

내가 끼어들자 마족은 의외로 간단히 고개를 끄덕였다.

"우리들뿐이라면 그렇다는 이야기입니다…."

"원군이 온다고 말하고 싶나?"

조소를 띠는 제르가디스.

"허세 부리지 마라. 사일라그에 있는 레조의 부하는 지금은 이 것뿐이잖아?"

"부하라면요…."

목소리는 갑자기 다른 곳에서 들려왔다.

움찔!

나와 가우리, 제르가디스 세 사람은 동시에 얼어붙었다.

등에 한기가 일었다.

뒤에서 들린 것은 분명 들은 기억이 있는 목소리였다.

"조금 늦었군요… 죄송합니다, 비제아 씨."

"황송한 말씀입니다."

마족은 깊이 고개를 숙였다.

우리들은 그제야 천천히 고개를 돌려 돌아보았다.

역시 그곳에는….

핏빛을 두른 남자가 한 명 우두커니 서 있었다.

적법사 레조….

## 3. 농성전, 튀지 말고 조용히

"레조!"

맨 처음 소리를 지른 것은 제르가디스와 함께 나타난 그 여승려였다.

"미스 실피르, 당신도 경솔한 짓을 하는군요…."

적법사는 왼손에 들고 있던 지팡이를 오른손으로 바꿔 쥐면서 온화한 목소리로 말했다.

지팡이 끝에 방울처럼 달려 있는 금속구가 치링 하는 청량한 소리를 냈다.

역시 '레조'는 우리들이 언젠가 환영(幻影)으로 본 것과 마찬가지로 감은 양눈을 가리듯 붉은 후드를 깊이 눌러쓰고 있었다.

"사일라그에서 조용히 무녀 일을 하고 있었다면 쫓길 일도 없었을 것을…."

"시치미 떼지 마요! 약물로 아버지를 폐인으로 만든 주제에!"

"글쎄… 전 무슨 말인지…."

그녀의 격렬한 힐문에 그는 태연한 얼굴로 대답했다.

"아니야…."

나는 작게 중얼거렸다.

"뭐가 말이죠?"

흰 얼굴을 이쪽으로 돌리는 적법사.

"아니야! 넌 레조가 아니야!"

정면으로 그를 가리키며 딱 부러지게 말했다.

분명 그가 지닌 분위기는 예전에 만난 레조와 동일하긴 하다. 하지만….

무언가, 어딘가가 달랐다.

"호오…?"

적법사는 눈썹을 꿈틀 치켜 올렸다.

동요하고 있는 것이 아니다. 어떻게 돌아갈지 재미있어하고 있는 것이다.

"넌 진짜 레조일 리가 없어!"

"재미있는 말씀을 하시는군요…. 하지만…."

그는 치링 소리를 내며 지팡이 끝으로 나를 가리켰다.

"제가 진짜인지 가짜인지보다 더욱 중요한 문제가 있지 않나요…? 즉 저를 이길 수 있느냐 하는 것 말입니다…."

"이길 수 있어."

나는 주저없이 단언했다.

"쓰러뜨릴 수 있어. 당신이 진짜 적법사가 아니라면."

"호오…. 그렇다면…."

그의 목소리에 살기가 어렸다.

"시험해보시죠!"

말하지 않아도 알아!

나는 곧바로 주문을 외우기 시작했다.

다른 사람들은 움직이지 않았다.

'레조'라고 밝힌 남자 역시 조용히 지켜보고만 있었다.

"파이어 볼!"

일단은 견제용. 물론 어지간한 상대라면 이 한 방으로 결판이 나지만 아무리 가짜라도 레조의 이름을 내세우는 남자.

이 정도로 끝난다면 말이 안 되지.

하지만 그는 주문을 외우기는커녕 조용히 그 자리에 서 있기만 했다.

그렇다고 해서 사정을 봐줄 내가 아니다.

발사된 빛의 구슬은 상당한 속도로 '레조'를 향해 일직선으로 날아갔다.

"…ㄲ…."

사람은 발음하지 못하는 말이 적법사의 입에서 나왔다. 그리고 들고 있던 지팡이로 허공에 빙글 원을 그리자….

"!"

빛의 구슬은 그기 그린 원에 닿자마자 흔적도 없이 사라졌다.

"그래서요?"

태연하게 말하는 적법사. 나는 잠시 말문이 막혔다.

바람 속에 주문의 영창이 흘렀다.

제르가디스!

"받아라! 고즈 부 로[冥傀屍]!"

두 사람 사이의 지면에 갑자기 출현한 검은 그림자가 '레조'를 향해 돌진했다.

그리고….

퉁.

적법사의 지팡이가 대지에 있던 그림자를 가볍게 두드린 순간, 뜨거운 철이 물에 잠길 때 나는 소리가 나면서 그림자는 깨끗하게 사라졌다.

"그럼 이번엔 제가…."

'레조'는 지팡이를 치링 울리더니 차가운 말투로 말했다.

"보여드릴 것은 '메가 브랜드'의 강화판입니다만…."

메가 브랜드란 발밑의 대지를 폭발적으로 치솟게 하는 기술인데, 정통으로 맞아도 어지간히 운이 나쁘지 않은 한 죽을 위험성은 없는 살상력 낮은 술법이다. 하지만 그렇다고 멍하니 지켜보고 있을 수만은 없었다.

"다들 모여! 제르! '바람'을!"

"알았어!"

제르가디스는 곧바로 내 의도를 알아채고 주문을 외우기 시작했다.

허겁지겁 도망치려던 에리스의 목덜미를 잡아끌고 다가오는 가우리.

실피르도 승려의 방어주문을 외우기 시작했다.

'레조'를 포함한 세 명의 주문이 팽팽한 공기 속에 뒤섞였다.

완성은 내 주문이 가장 빨랐다.

'바람'이 우리들 일동을 에워쌌다. 계속해서 실피르의 방어 결계가 바람의 결계 자체를 둘러쌌다.

그리고 제르가디스. 그의 주문이 바람의 결계를 몇 배로 강화시켰다.

하지만 아직 완전치는 않았다. '메가 브랜드'는 발밑에서 오는 것, 아무리 주위에 강력한 방어망을 친다 해도 아래쪽이 비어선 의미가 없다. 고로 내가 바람을 조종해서 결계 자체에 '레비테이션'을 걸어 부상시켜야 완성된다.

좀 진부한 표현이라 미안하지만 바람으로 만들어진 비눗방울 속에 모두 들어가서 둥실둥실 뜨는 것이 가장 알기 쉬운 완성 예상도.

하지만….

'레조'의 목소리가 끊겼다.

주문을 다 외운 건가?!

이런! 앞으로 조금만 더 있으면 되는데….

이것은 완전히 내 실수였다. 바람의 결계를 제르가디스에게 맡기고 먼저 '레비테이션'을 외웠어야 했다….

하지만 왠지 적법사는 좀처럼 공격을 하지 않았다. 마치 우리들의 방어 결계가 완성되기만을 기다리는 것처럼.

그리고 마침내 나는 주문을 다 외웠다.

둥실.

다소 불안정하지만 일행을 감싼 바람의 결계는 겨우 비틀비틀 공중에 떠올랐다.

느릿느릿 공중으로 떠올라서…

'레조'의 모습이 검지 정도 크기가 되었을 때, 적법사가 들고 있던 지팡이로 땅을 가볍게 두드리는 것이 보였다.

순간 대지가 요동쳤다.


대지가 갈라져서 위를 향해 치솟았다.

풀잎은 허무하게 흩날렸고 큰 나무는 둥치가 잘렸으며 작은 나무는 아예 뿌리째 날아갔다.

돌과 흙의 크고 작은 무수한 덩어리가 허공에 떠 있는 우리들의 결계에 마구잡이로 부딪쳤다.

비제아와 라하님은 어느 틈엔가 약삭빠르게 모습을 감추었다. 아마 우리들이 '레조'와 이야기를 나누고 있는 사이에 사라졌을 것이다.

중고 화물차가 울퉁불퉁한 길을 전력 질주하는 듯한 격렬한 진동이 왔다.

"아얏!"

란츠가 갑자기 작은 비명을 질렀다.

"왜 그래?!"

가우리가 묻자 그는 이마에 손을 얹더니,

"아니, 별것 아닙니다. 작은 돌에 맞았을 뿐….."

잠깐만….

제르가디스의 안색까진 알 수 없었지만 실피르 쪽은 완전히 안색이 변했다.

이 방어 결계를 돌파했다고?

말도 안 돼.

이 방어를 깨뜨리려면 엄청난 공격력이 필요하다.

이미 이건 '레조'가 말한 '메가 브랜드의 강화판' 같은 어중간한 수준을 훨씬 뛰어넘은 것이었다.

혹시 이 술법엔 와이번(비룡)도 떨어뜨릴 만한 힘이 있는 게 아닐까?

이윽고 땅울림이 그치고 흙먼지도 서서히 가라앉았다.

숲의 지면이 크게 파여 붉은 흙이 분화구 모양으로 얼굴을 내밀고 있었다.

그 중심에는 붉은 그림자가 하나 우두커니.

'레조'는 조용한 표정으로 묵묵히 우리들을 올려다보고 있었다.

"여기선 일단 퇴각하는 편이 좋을 것 같아요…."

"그래…."

실피르의 제안에 고개를 끄덕이는 나.

마법에 대한 대항 능력이 없는 사람이 셋이나 있으니 어쩔 수 없다.

가우리 정도라면 내버려둬도 어느 정도의 주문은 멋대로 피하거나 '빛의 검'을 이용해서 튕겨내겠지만, 문제는 란츠와 에리스.

"하지만 어디로? 좋은 은신처라도 있어?"

내 물음에 실피르는 웃음을 보이면서,

"괜찮아요. 좋은 곳이 있으니까요."

"하지만… 무사히 도망칠 수 있을지가 문제군….'

지상의 적법사를 노려본 채로 불쑥 끼어드는 제르가디스.

그의 마음속에도 일찍이 싸웠던 '진짜'에 대한 공포와 압박감이 짙게 남아 있는지, 옆에서 봐도 내심의 동요가 그대로 전해져 왔다.

좀 전의 강대한 마력을 보고 '어쩌면 진짜 적법사일지도 몰라' 하는 생각이 머리에 떠오른 것이리라.

"어쨌거나… 해보는 수밖에 없어."

그렇게 말하고 나는 결계의 움직임을 조종했다.

하지만 왠지 '레조'는 결계째 도망치는 우리들을 쫓으려 하지 않고 그저 묵묵히 하늘만 올려다보았다.

이유는 알 수 없지만 이 기회를 놓칠 수는 없지.

나는 최대한의 힘을 기울여 이동 속도를 높였다.

깊이 눌러쓴 적법사의 후드가 한순간 바람에 펄럭거렸다.

그 밑… 하얀 얼굴의 이마 부분에 무언가 붉은 것이 붙어 있는 모습이 순간 보인 것 같았다.


"헤에에에에."

나는 주위를 둘러보고 감탄의 소리를 질렀다.

그곳은 홀과 같은 곳이었다.

동굴 특유의 축축하고 차가운 공기. 이것은 보통 동굴과 별 차이 없지만….

천장과 벽에 골고루 자라 있는 반짝이끼와 무수하게 날아다니는 페어리 소울(Fairy Soul) 덕분에 주위는 대낮처럼… 까지는 아니더라도 꽤 밝았다.

페어리 소울이라는 이름을 들어본 적이 없는 사람은 꽤 많을 거라 생각하는데, 항간에선 반딧불이라는 멋없는 이름으로 불리고 있다. 동굴 등을 둥실둥실 떠다니는 손톱만 한 크기의 빛의 구슬.

반딧불이와는 반대로 가을에 나오는 이것을 어릴 적엔 언니와 함께 쫓아다니기도 했다.

잠자리채로 붙잡으려 하면 촘촘한 망 사이로 빠져나갔고 손으로 붙잡으면 분명 잡았음에도 감촉이 없어서 손을 펴보면 아무것도 없었다.

이것이 그 이름대로 정말 요정의 혼인지 어떤지는 모른다. 마법사 협회에서도 이것의 정체는 아직 파악하지 못한 모양….

뭐 정체가 뭐가 되었든 특별히 신경 쓸 일은 아닐 거라 생각하지만….

특별히 해를 끼치는 것도 아니고 무엇보다도 운치가 있으니까.

동굴 등에선 1년 내내 떠다닌다고 하는데 이곳은 말 그대로 페어리 소울의 군생지였다.

실피르의 지시에 따라 도착한 곳이 이곳이었다.

'레조'의 손에서 벗어난 우리들은 사일라그 마을에서 조금 떨어진 어느 동굴 안으로 들어갔다.

엄청나게 복잡한 갈래길을 안쪽으로 꾸불꾸불 계속 걸어서 마침내 이 장소에 도착한 것이다.

한숨 돌리자 여기저기서 잡담이 시작되었다.

"또 따라온 거야? 너."

자칭 초유명 현상금 사냥꾼 에리스에게 짜증 난다는 얼굴로 말한 것은 다름 아닌 제르가디스.

"시끄러워. 나도 좋아서 따라온 게 아냐. 저기 있는 남자가."

그리고 가우리를 가리키며,

"도망치려던 것을 방해했다고."

레조가 주문을 쓰려고 했을 때를 말하는 것 같다.

"아니… 난 그저 그 순간에 도망쳐봤자 늦을 것 같아서…."

벅벅 머리를 긁으면서 말하는 가우리.

"저도 그렇게 생각해요. 그 시점에서 도망치는 것은 무리였겠죠."

갑자기 가우리를 거들고 나서는 실피르. 에리스는 맘에 안 든다는 듯 흥 하고 삐져서 고개를 돌렸다.

실피르는 가우리와 시선이 마주치자 꾸벅 인사를 했다.

"오랜만이에요, 가우리 님. 인사가 늦었지만…."

"아니…."

멋쩍은 듯 다시 머리를 벅벅 긁으면서 말하는 가우리.

"어? 아는 사이였어?"

"응."

묻는 나를 돌아보지도 않고 그 말을 끝으로 가우리는 다시 실피르와 이야기를 계속했다.

"너와 레조의 이야기에 따르면 사태는 꽤 심각한 것 같던데, 아버님의 상태는 어때?"

"그게 그다지…."

"아버지…?"

"약물이 어쩌고 한 것 같은데…."

이번엔 완전히 무시당한 나.

울컥.

"바이데스 나무뿌리를 말린 걸로 보이는데요…."

"저기 말야, 가우리…."

"하지만 어째서 녀석들은 그런 짓을…."

울컥울컥.

이래선 내가 기분 좋을 리가 없다.

하지만.

나보다 더 기분이 상한 사람이 있었다.

"뭐야, 뭐야. 다들 아는 사람끼리만 쑥덕쑥덕!"

갑자기 란츠가 지른 소리에 일동은 침묵했다.

"난 아무것도 모르는데 아는 사람끼리만 모여서 이야기를 하는 게 어디 있어! 누가 누구고, 뭐가 대체 어떻게 된 건지 일단 그것부터 설명하는 게 순서 아니야?!"

"그 말이 맞아."

이번만은 란츠의 의견에 찬성했다.


예전에 가우리는 한 번 이 사일라그에 온 적이 있었는데, 그때 실피르와 그 아버지, 즉 이 마을의 신관장을 알게 되었다고 한다.

무언가 복잡한 사건을 하나 해결했다고 하는데, 이번 일과는 전혀 관계가 없다면서 실피르는 사건의 내용을 설명해주지 않았다.

…다음에 가우리에게 자세히 물어봐야지.

그리고 레조의 사건….

한 달 전쯤 브루무군을 대동한 '레조'가 이 사일라그에 왔는데 그것이 모든 일의 시작이었다.

레조의 표면적인 얼굴… 즉 유랑 성인이라는 소문밖에 알지 못하는 신관장, 즉 실피르의 부친은 그들을 반갑게 맞아들였다.

유명한 인물을 사칭하고 여기저기서 공짜로 얻어먹은 다음 어느새 모습을 감추는 시정잡배가 판을 치는 요즘 세태지만, 신관장은 한눈에 '레조'의 그릇의 크기를 간파하고 그가 진짜라는 걸 확신했다고 한다.

…다 좋은데 그렇게 한눈에 간파하는 안목이 있다면 선인인지 악인인지도 함께 간파할 것이지. 그랬다면 일이 이렇게 복잡해지진 않았을 텐데.

뭐, 실피르가 앞에 있으니 그 말은 할 수 없지만.

아니면 역시 '레조'의 연기가 한 수 위였다는 건가?

그는 마을에 온 지 얼마 후, 마을 사람들의 신망을 어느 정도 얻기 시작하자 우리들을 수배하고 싶다고 신관장에게 이야기했다.

신관장과 실피르는 크게 놀랐다. 수배서에 있는 사람 중 두 사람은 낯설었지만 나머지 한 사람….

즉 가우리 가브리에프는 이른바 이 마을의 구세주였던 것이다.

…가우리 녀석, 상당한 활약을 했었던 모양이네.

그렇게 설명하자 '레조'와 브루무군은 잠시 서로의 얼굴을 마주 보더니,

"그는… 사악한 마력에 의해 조종되고 있습니다. 이 사람에 의해서 말이죠."

그리고 하필이면 내 초상화를 가리켰다고 한다.

실피르는 여기서 말을 중단하더니,

"리나 씨를 보고 겉으론 어려 보여도 실제로 90세에 가까운 할머니라고 그러던데…. 정말 그런가요?"

"그럴 리 없잖아! 난 아직 열여섯이야, 열여섯!"

"어? 지난번엔 열다섯이라고 하지 않았어?"

나의 말에 끼어드는 가우리.

"얼마 전이 생일이었어! 나도 나이 먹는단 말야!"

"그런가…."

그런 걸로 고민하지 마!

이것도 다 그 '레조'가 쓸데없는 거짓말을 해서 그래! 이 녀석! 용서 못 한다, 적법사!

"죄송해요…. 그렇군요. 그럴 리 없겠죠."

기분이 상해 있는 나에 대한 배려인지 거들고 나서는 실피르.

"예전부터 '도적 킬러'니, '칠흑의 마녀'니, 어디서 성을 부쉈느니, 어딘가의 왕을 해치웠느니 하는 소문밖에 듣지 못했기에 그만… 아, 그럴 수도 있겠구나 하고 생각하고 말았어요…."

거기, 언니, 그 말은 도움이 안 돼요.

어쨌거나 '레조'는 가우리를 구출한다는 의미도 있다면서 '산 채로'라는 조건으로 현상금을 건 것이다.

맨 처음 그 피해를 입은 것은 제르가디스였다.

우연히 사일라그 근처에 와 있었는데 눈에 띄는 외모와 엄청난 현상금이 맞물려서 갑자기 현상금 사냥꾼들의 절호의 표적이 되었다.

그 현상금 사냥꾼 중 한 명이 에리스였다.

제르가디스의 입장에서도 거의 신출내기나 다름없는 이 아가씨를 상대로 전력을 다할 수 없어서 결국 악연이 길어졌다고 한다. 자신에게 현상금을 건 것이 사일라그에서 '레조'를 사칭하는 인물이라는 것을 알게 되자 그는 서둘러 사일라그로 향했다.

에리스는 끈질기게 그 뒤를 쫓았다.

우리들이 우리들 목에 현상금이 걸린 사실을 알게 된 것은 그로부터 얼마 후의 일이었다.

그 무렵.

사일라그에선 이상한 일이 일어나고 있었다.

신관장의 상태가 이상해져서 뺨이 핼쑥하니 야위고 영문을 알 수 없는 말을 중얼거리기 시작한 것이다.

때때로 레조의 방을 찾아가선 묘하게 만족스러운 표정으로 나왔는데 그때마다 증상은 악화되었다.

무녀장이었던 실피르는 레조가 무언가 묘한 약물을 부친에게 쓰고 있는 게 아닐까 하는 의심을 품고 다른 신관들에게 조사를 의뢰했는데…

그때 이미 다른 신관들은 레조의 손아귀에 들어가 있었다.

그는 정체를 알 수 없는 어둠의 카리스마로 마을 사람들의 절반 이상을 그의 열광적인 신자로 만들어버렸던 것이다.

어쩌면 '레조'가 무언가 주술을 썼는지도 모른다.

그러는 사이에 적법사는 점점 여기저기서 이상한 녀석들을 모으기 시작했다.

반수인(半獸人), 그리고 마족까지.

그래도 그의 행동을 이상하다고 하는 사람은 없었다.

완전히 고립되어 무력감만을 맛보던 그녀의 앞에 어느 날 그가 나타났다.

제르가디스가.

두 사람은 '레조'를 암살하기로 계획했지만 마족 비제아의 방해로 적법사에게 다가가보지도 못하고 사일라그 시티를 빠져나

올 수밖에 없었다.

여전히 끈질기게 쫓아오는 에리스를 기절시키고 숲 속으로 향하던 도중….

들려온 공격마법의 폭음에 혹시나 해서 달려가보니….

아니나 다를까, 우리들을 만나게 된 셈이었다.

"너희들 성격으로 그런 수배를 받고도 얌전히 있을 리가 없겠지. 언젠가는 이곳으로 올 거라고 생각하고 있었어."

제르가디스가 말했다.

"가장 큰 피해자는 나야."

에리스가 발끈한 어조로 말했다.

"잘 생각해보니 내가 너희들과 함께 이런 곳에 있어야 할 이유가 없어. 너희들을 붙잡아서 적법사에게 바친다 해도 좀 전의 태도와 방금 들은 이야기로 미루어 보아 고분고분 현상금을 줄 거라는 생각도 안 들고…. 난 그만 갈래. 출구는 어디야?"

하지만 제르가디스의 차가운 시선이 일어선 그녀의 움직임을 제지했다.

"안됐지만 너를 보내줄 순 없어."

"어… 어째서?"

압도되어 한 발짝 뒤로 물러서서 묻는 에리스.

"넌 녀석들에게 우리들의 위치를 말할 테니까."

"마… 말 안 해…."

"과연 그럴까? 주위에선 아마 레조의 병사들과 녀석에게 조종당하는 마을 사람들이 시종일관 감시의 눈을 번득이고 있을 거야.

발각되면 붙잡혀서 심문을 받을 테고 그래도 털어놓지 않으면 고문을 받겠지. 넌 그걸 견디지 못할 거야. 우리들에게 그럴 만한 의리가 있는 것도 아니고."

그 말에 그녀는 반박하지 못했다.

여전히 투덜투덜 속으로 작게 중얼거리며 마지못해 앉는다.

"하지만 여기는 대체 어디 부근이야? 방향을 전혀 모르겠는데 …."

내 물음에 실피르는 장난스러운 미소를 지었다.

"여기는 사일라그의 중심부인 '신성수(神聖樹) 프라군' 내부예요."

"나무 안?"

앵무새처럼 되묻는 나.

"예. 일찍이 빛의 검의 전사… 즉 가우리 님의 선조님이 이 마을에서 사투 끝에 마수를 해치웠지만, 마수는 죽어서도 그 시체에서 무한한 독기를 내뿜었다고 해요.

그래서 전사는 독기를 흡수해 정화하면서 성장하는 성목의 묘목을 용족에게서 얻어와 마수의 몸에 심었지요. 그것이 크게 성장해서 현재 이 마을의 상징이 된 거예요."

그 부분의 이야기는 나도 알고 있는 내용이지만 란츠와 에리스는 처음 듣는 이야기일 것이다.

"헤에…, 그런 일이 있었구나…."

감탄했다는 듯 중얼거린 것은 다름 아닌 가우리였다.

"……."

일동 침묵.

"너… 너 말야…."

꿈틀꿈틀꿈틀.

관자놀이를 경련하며 나는 억누른 소리로 말했다.

"네 선조님의 이야기를 어째서 직계 후손인 네가 모르는 거야!"

"아…, 그리고 보니 어렸을 때 부모님에게서 비슷한 이야기를 들은 기억이 있는 것 같기도 한데…."

난처한 얼굴로 말한다.

"전혀 듣지 않아서 말이지…."

어릴 때부터 이랬던 거냐…. 이 인간은….

"어, 어쨌거나…."

겨우 마음을 진정시키고 이야기를 계속하는 실피르.

"성장한 나무는 사일라그 지하에 깊이 뿌리를 내리고 여기저기에 이곳 같은 동굴을 만들어냈어요.

여기까지 오는 도중에 지나쳤던 동굴도 다 이 '신성수'의 뿌리가 만들어낸 것이지요."

"하지만 그럼 마을 사람들도 이 장소를 알고 있지 않을까?"

"그건 괜찮을 거라 생각해요."

그녀는 자신만만한 미소를 머금었다.

"마을 사람들은 이 나무를 신성시하며 떠받들고 있어요. 나무 안으로 통하는 동굴이 있다는 건 알고 있을 거라 생각하지만 평소 엔 절대로 들어가거나 하지 않아요.

물론 이런 곳의 지도 따윈 없으니까 아무리 동굴 속을 헤맨다 해도 어지간히 운이 좋지 않은 한 이곳에 도달하기란 무리겠죠.

저는 어릴 때부터 동굴을 탐험해봐서 이 나무 안의 통로에 대해 선 속속들이 알고 있지만요."

아무래도 그녀는 옛날에 상당한 말괄량이였던 모양이다.

"하지만… 아무리 그래도 이건 너무 크지 않아?"

나는 널따란 홀 모양의 공간을 둘러보며 말했다.

"수천 년 된 나무를 판다 해도 이렇게 큰 공간은 만들 수 없어. 빛의 검의 전사의 전설보다 훨씬 전에 자랐다면 몰라도…."

"리나 씨. 레조에게서 도망쳐서 동굴에 들어오는 도중에 마을 을 봤죠?"

"응. 보긴 했는데…."

힐끔 본 사일라그는 중앙부에 숲이 있고 그 주위로 상당히 큰 광장이 있으며 그 둘레를 에워싸는 형태로 여러 채의 집이 늘어선 도넛 모양 마을이었는데… 설마….

"마을 중심에 있던 것이 이 나무예요. 처음 보는 사람은 숲으로 착각하는 것 같지만…."

""뭐어어어어?!""

나와 란츠의 목소리가 겹쳐졌다.

"하지만… 하지만… 나무의 나이가…."

"이 나무는 독기와 악의를 빨아들여서 양분으로 삼아 성장해요. 양분이 되는 독기가 클수록 그만큼 빠르고 크게 성장하지요."

"하지만 그렇다면 그 옛날 전사님이 해치웠다는 마수의 독기를 모두 빨아들이고 나면 이 나무는 시들어버리지 않을까?"

묻는 란츠에게 내가 답했다.

"시들지는 않을 거야. 이곳에 사람이 살고 있는 한."

내 말에 실피르는 슬픈 표정으로 고개를 끄덕였고, 란츠는 고개를 갸웃거렸다.

인간이… 아니, 두 개 이상의 가치관이 존재한다면 반드시 어딘가에서 충돌이 생기고 그곳에선 슬픔과 적의가 만들어진다.

그것이 생물이 안고 있는 숙명이다.

예를 들면 내가 어젯밤에 먹은 생선도 죽는 순간에는 공포와 절망감을 느꼈을 것이다. 그러한 부정적인 감정을 이 나무는 양분으로 해서 살고 있는 것이다.

"그래서… 마음에 걸리는 것이 하나 있어요."

왠지 목소리를 낮추고 말하는 실피르.

"잠깐… 귀를 기울여보실래요?"

그녀의 말에 일동이 잠시 침묵하자….

…….

들려왔다.

희미하게. 무언가 무거운 것이 삐걱거리는 소리가.

"성장하고 있어요, 이 '신성수'가. 그것도 빠른 속도로."

그녀는 나와 가우리, 제르가디스를 순서대로 바라보더니.

"레조가 온 뒤부터예요. 가르쳐주세요. 그는 대체 누구죠?"


잠시 무거운 침묵이 이어졌다.

사실을 그대로 말할 수는 없었다. 말해봤자 믿지 않을 것이고, 믿어준다고 해도 혼란에 빠질 것이기 때문이다.

애초에 그 '레조'가 진짜인지 가짜인지조차 분명하지 않았다. 내 예상으로는 아마….

"보통 사람이라면 이 정도의 악의와 증오는 가질 수 없어요. '신성수'를 이만한 속도로 성장시킬 수 있을 만한 악의를 마음속에 간직하고 살려면 인간의 정신이라는 그릇으론 도저히 부족할 텐데…."

"사실 우리들도 녀석의 정체는 파악하지 못하고 있어."

가벼운 말투로 불쑥 말하는 가우리.

거짓말이 아니긴 했다.

그것이 진짜인지 가짜인지, 만약 가짜라면 누가 무슨 목적으로 그러는지.

"어쨌거나 녀석이 누구이든 결국 우리들에겐 녀석과 싸워 이기는 것 말고는 달리 길이 없는 것 같아."

"뭐… 그건 분명 그렇지만…."

석연치 않은 얼굴의 실피르.

"어쨌거나 싸울 수밖에 없는 이상, 이 상황에서 가장 큰 문제는 식량!"

그렇게 말하는 나를 보며 가우리와 제르가디스는 쓴웃음을 지었다.

"저기 말야…. 왠지 우리들만 따로 노는 것 같지 않아…?"

"응…."

뒤쪽에서 란츠가 투덜댔고 부루퉁한 얼굴로 에리스가 고개를 끄덕였다.

"식량이라면 걱정하지 않아도 될 거예요. 좀 더 안쪽으로 들어가면 버섯이 자라고 있으니까 그걸 먹으면 돼요."

"만세♡"

실피르의 말에 나는 당장 일어섰다.

"자, 그럼 다 함께 버섯을 따러…."

"이봐, 이봐. 작전을 세우는 게 먼저 아냐?"

갑자기 찬물을 끼얹는 제르가디스.

"그래. 먼저 무엇을 해야 할지, 그것을 분명히 정해둬야…."

"저도 그렇게 생각해요. 버섯은 도망치지 않지만 레조는 언제 올지 모르니까요."

"그래, 그래. 먹는 것만 생각하지 말라고."

"긴장감이라는 게 없다니깐."

나는 갑자기 집중포화를 받고 뻘쭘해졌다.

"아… 알았어! 뭐야…. 갑자기 다들 이구동성으로…. 그럼 지금부터 작전 회의를 시작할게.

　레조의 정체는 모른다. 마을엔 온통 적들뿐. 누군가를 정찰로 보낸다 해도 무언가 중요한 정보를 얻을 수 있는 가능성은 거의 제로. 오히려 발각될 위험이 더 크다.

　그렇다고 해서 도망치면 아무런 해결도 되지 않는다.

　자… 이런 상황에서 상대가 움직이기를 기다리는 것 말고 우리들이 취할 수 있는 작전은 뭐가 있을까요? 먼저 제르가디스."

　"뭐? 아니… 그런 식으로 물으면…."

　"의견 없다는 거지? 그럼 실피르."

　"아… 저기… 그게…."

　"마찬가지고. 그럼…."

　내가 지적하기도 전에 란츠와 에리스는 동시에 고개를 저었다.

　참 나….

　남은 건 가우리뿐인데….

　"그럼… 가우리는…? 어차피 아무 생각도 없겠지?"

　"있어, 의견."

　자신감에 넘치는 말투.

　오오오!

　일동은 그에게 주목했다.

　"어떤 의견?!"

　묻는 나에게 가우리는 손가락을 척 세워 보였다.

　"다 함께 버섯을 따러 가는 거야."

나는 그의 얼굴에 킥을 날렸다.


"정말… 어째서 내가 이런 짓까지 해야 하는 거야…?"

"괜히 친절을 베풀어서 따라왔더니 이 모양이야. 역시 끼어드는 게 아니었어…."

"내가 현상금에 눈이 멀었지. 끈질기게 따라다니다가 괜히 이상한 일에 휘말리고…."

"마족이라고, 마족. 레서 데몬 한 다스 이상을 말 한 마디로 자유롭게 부리는 녀석을 상대로 싸워야 하다니…."

"후우우…."

"크아아앗! 시끄러워!"

그렇게 외치고 나는 자리에서 일어났다.

"란츠! 에리스! 서로에게 푸념하면서 한심한 소리 좀 하지 마! 참 나…! 버섯 정도는 조용히 딸 것이지!"

"하지만…."

"안 그래…?"

얼굴을 마주 보며 두 사람은 고개를 끄덕였다.

이… 이 녀석들은….

결국 버섯 채집을 하기로 한 우리들은 실피르의 안내로 이곳까지 왔다.

보통 동굴보다는 꽤 넓긴 했지만 반짝이끼가 자라 있는 양이 다소 적어서 오히려 어둡게 느껴졌다.

"하지만… 한심한 것은 분명해."

드물게 푸념하는 제르가디스.

"뭐… 전사와 승려와 마법사가 나란히 앉아서 버섯을 따는 모습이 그리 보기 좋은 것은 아니겠지요…."

우울하게 말하는 실피르.

"푸념하지 마, 푸념하지 마. …맞다, 제르가디스."

나는 버섯을 따면서 말했다.

"물어보려다 깜박했는데, 브루무군은…."

"왜 그래? 에리스?"

"아니… 방금 이상한 벌레가…."

"란츠, 에리스. 좀 조용히 해줄래? 지금 중요한 이야기를 하고 있으니까."

내 말에 두 사람은 얼굴을 마주 보더니 어깨를 늘어뜨리고 다시 버섯을 따기 시작했다.

참 나….

마음을 가다듬고 다시 제르가디스에게 물었다.

"그 '레조'의 부하 중에 브루무군이라는 이름의 마법사가 있잖아. 녀석에 대해 아는 거 없어?"

전에도 이야기한 바 있지만, 그는 본디 진짜 레조 밑에서 일한 적이 있다.

그렇다면 저 마도사의 소문 정도는 들은 적 있을 것이다.

"아, 그 녀석 말이지?"

짜증 난다는 어조로 말하는 제르가디스.

"알고 있어?"

"대충은…. 그럼 너도 녀석을 여러 번 해치운 거야?"

"너도라니…."

"그거 아냐? 전혀 이렇다 할 특징이 없는… 이마에 박혀 있는 루비와 스스로 이름을 밝히지 않으면 본인인지 알 수 없는, 분명 해치웠는데 다시 홀연히 나타나는…."

"그럼 너도 여러 번 녀석을 해치웠구나…."

"다섯 번… 아니, 여섯 번인가? 한 번은 확실히 죽은 것을 확인하고 파이어 볼로 재가 될 때까지 태운 다음, 그 재를 여러 개의 항아리에 나눠 넣고 봉인해서 일부는 강에 버리고 일부는 땅에 묻었는데…."

"그렇게 할 것까진…."

"그 정도로 끈질기게 되살아나니 언데드(Undead)가 아닐까 하는 의심도 들고 있어."

그렇구나.

언데드라면, 좀비 같은 저급이라면 몰라도 뱀파이어급쯤 되면 보통 방식으로 죽여선 죽지 않는다. 제르가디스가 했던 것처럼 해야만 비로소 부활하지 않게 된다.

그래도 다시 재를 모아서 일정한 의식을 행하면 부활한다고 하니 정말 대단한 녀석들이다.

그들의 존재를 완전히 없애려면 승려가 사용하는 '정화' 계열 주문으로 승천시키든지, 아니면 마족과 마찬가지로 아스트랄 사이드(정신세계)에서 근본적으로 파괴하는 수밖에 없다.

"하지만 그렇게 했어도 다시 나왔잖아, 그 마법사."

"그래. 그러고 보니… 레조와 함께 있던 시절에 녀석이 브루무군이라는 이름을 입에 올린 적이 있었어."

"헤에…."

"내가 무슨 일로 호언장담을 했을 때였는데… '잘난 척 마라. 너보다 마법이 뛰어난 자는 내 밑에 두 명은 더 있으니까'라고 하더군…."

"그중 한 사람이 브루무군이었구나?"

"그래. 말투가 마음에 들지 않아서 어느 정도의 힘이 있냐고 물어보았는데 가르쳐주지 않았어. 지금 생각해보니 레조 녀석… 그때부터 내가 언젠가는 배신하리라는 것을 알고 있었던 모양이야."

"다른 한 사람은?"

"이름도 가르쳐주지 않더군."

"흠흠, 그래."

나는 떠오르는 생각들을 머릿속에서 정리해보았다.

"그렇다면 이번 일이 있기 전에는 브루무군과 직접 만난 적은 없는 거구나."

"그래."

"그렇다면 네가 지금까지 해치웠던 브루무군이 진짜라고 할 순

없겠네?"

나는 그제야 그 마법사의 정체가 무엇인지 어느 정도 감을 잡을 수 있었다.

"무슨 소리야? 그게."

"쉽게 말해 브루무군의 특징이라고 하면 크지도 작지도 않은 체구에, 작은 마을 중고 옷가게에서 구입한 것 같은 흔해 빠진 망토, 깊이 눌러쓴 후드, 그리고 이마의 루비잖아.

특징이라 할 만한 것이 너무나 없지만 거꾸로 생각하면 일부러 특징을 없앤 것이 아닐까 하는 의심도 드는 거지."

"아, 그런 거였어?"

내가 무엇을 말하고 싶은 건지 제르가디스는 이미 간파한 듯했다.

"쉽게 말해 루비로군."

"그래, 루비야."

"전혀 모르겠어…."

갑자기 란츠의 불만 어린 목소리가 들렸다.

돌아보니 어느 틈엔가 다들 우리의 이야기에 귀를 기울이고 있었다.

"아, 그러니까…."

나는 어험 하고 헛기침을 한 번 하고,

"지금까지 우리들이 해치웠던 '브무루군'은 전부 가짜라는 소리야. 진짜는 이마에 박혀 있는 루비를 이용해서 어딘가에서 조종하고 있었겠지."

"그런 게 가능해?"
"가능해."
묻는 란츠에게 나는 딱 잘라 대답했다.
꼭두각시라는 술법이 있다.
흑마법의 주술인데 상대가 지니고 있던 물건으로 여러 날 동안 의식을 행하면 그 상대를 자신의 마음대로 조종할 수 있는 술법이다.
술자의 집중이 풀리고 시간이 얼마 지나면 원상태로 돌아오지만, 루비나 무언가에 어떤 방법으로 주력을 봉인해서 이마에 붙여 놓으면 그런 일도 불가능하지는 않다.
레조가 일찍이 브루무군을 평할 때 '마법이 뛰어나다'고 했는데, 마법이 뛰어나다는 말은 강력한 공격주문을 쓸 수 있다는 것과 같은 의미가 아니다.
"내가 브루무군이라 밝힌 마법사와 처음 싸웠을 때에는 분명히 말해 3류 마법사라는 인상밖에 받지 못했어. 진짜 브루무군이 아무리 대단한 마법사라도 루비로 조종하는 사람의 마력 용량을 뛰어넘는 힘은 낼 수 없었을 거야. 진짜는 이곳저곳에서 우리들에게 시비를 거는 '브루무군'이 모두 동일 인물인 것처럼 믿게 하려고 일부러 '가짜'들에게 특징이 없는 모습을 하게 만든 거지…."
"그럼 진짜 브루무군은?"

하고 묻는 에리스.

"이것도 아직 짐작 단계인데… 진짜 브루무군도 가짜들을 조종하기 위해 몸에 루비를 박고 있을 거라 생각해.

그리고 난 봤어. 아까 싸움에서.

'레조'라고 밝힌 남자의 이마에 무언가 붉은 게 붙어 있는 것을.

자…, 죽은 '레조'의 이름을 사칭하는 인물이 한 사람.

'브루무군'이라는 이름을 가진, 아무도 그 얼굴을 모르는 마법사가 한 사람.

단순히 생각해보면…."

"녀석이 진짜 브루무군이었군."

그렇게 말한 것은 단순한 가우리였다.


"하지만 그전에 생각하지 않으면 안 되는 것이 있는데."

나의 화염주문으로 적당히 익은 버섯을 씹으며 말하는 란츠.

"어떻게 녀석들을 쓰러뜨릴까 하는 거야."

희미한 빛이 감도는 동굴 안에서 잠시 구운 버섯의 향기만이 떠돌았다.

그건 그렇다….

우리들이 그동안 한 일이라고 하면 브루무군의 정체에 대해 추측한 것과 버섯을 딴 정도. 아무것도 하지 않은 것이나 마찬가지라는 설도 있다.

"문제는…."

제르가디스는 란츠와 에리스를 곁눈질하면서 말했다.

"이 녀석들이 대체 어느 정도의 전력이 되는가로군."

"이봐…."

노기 어린 눈으로 란츠가 제르를 노려보았다.

"우리들이 도움이 안 된다고 말하고 싶은 거야?"

"나는 애당초 도움이 될 생각은 없어."

에리스 쪽은 당황해서 고개를 저었다.

"지금 상태라면 그래. 만약 놈들이 마족을 주력으로 삼아 전력을 짜면 넌 대항할 수단이 없어. 묻겠는데 아까 싸움에서 '자신이 도움이 되었다'고 당당하게 말할 자신이 있어?"

란츠는 그 말을 듣고 침묵했다. 제르도 상당히 신랄한 구석이 있다.

나와 제르가디스, 그리고 실피르에겐 마법이 있고, 가우리에겐 마족을 쓰러뜨릴 수 있는 '빛의 검'이 있다. 하지만….

란츠가 아까의 싸움에서 결국 아무런 전과도 올리지 못한 것은 그가 마족에 대해 효과적인 무기를 가지고 있지 않았기 때문이다.

"괜찮아. 근성이 있으면 어떻게든 될 거야!"

나는 실의에 빠진 그를 위로했다.

"될 리 없잖아."

"어떻게든 될 거라니깐, 정말로. 몰랐어?"

시원시원하게 말하는 나에게 의심스럽다는 눈초리를 보내는 란츠.

"정말…?"

"정말이라니깐. 애당초 마족이란 근본적인 부분이 아스트랄 사이드에 속해 있는 존재를 말해. 그래서 물리적으로 베든 태우든 별다른 대미지를 주지 못하는 것이지.

뭐 인간이 서로에게 욕을 한다고 해서 죽거나 하지 않는 것과 비슷할 거야.

뒤집어서 말하면 마족을 쓰러뜨리기 위해선 그 정신을 파괴해야 한다는 소리인데….

예를 들면 마족에게 검이 닿는 순간 '죽어라!'라고 강하게 염원하는 거야. 검을 매개로 한 그 의지력이 마족의 정신력을 웃돈다면 적어도 대미지는 입힐 수 있어.

은으로 된 무기가 유령 등에게 효과적인 것은 은이라는 것이 보통의 철보다 훨씬 사람의 '의지력'을 전하기 쉽기 때문이야.

실제로 가우리가 갖고 있는 '빛의 검'도 사람의 의지력이나 그러한 '힘'을 증폭해서 칼날을 만들어내는 것이니까."

"아, 그런 거야?"

가우리는 자신의 허리에 있는 검을 새삼 오밀조밀 살펴보았다.

어차피 이 녀석은 '뭔지는 몰라도 굉장한 검' 정도를 생각하고 있었겠지….

"쉽게 말해… 인간의 정신력을 증폭하는 무언가가 있으면 되는 거군요."

손뼉을 치며 갑자기 옆에서 끼어드는 실피르.

"뭐… 정리하면 그런 셈이지."

"그렇다면 어떻게든 될 것 같아요."

"어떻게든… 된다고?!"

란츠의 얼굴에 화색이 돌았다.

"네. 옛날 이 '신성수' 안에서 발견된 검이 있어요. 이 나무의 분신이라고 불리는 신도(神刀)인데, '신성수'와 항상 공명하고 있어서 가지고 있는 이의 정신을 정화하고 증폭하는 능력이 있다고 해요. 마을 신전에 봉납되어 있었는데…."

"분실한 거야?!"

"아뇨. 제가 어렸을 때 재미 삼아 가지고 나갔다가 이 동굴 안 어딘가에서 잃어버리고 말았어요."

이봐, 이봐….

"그래서… 마을이 발칵 뒤집히지 않았어?"

"뒤집혔죠."

그녀는 태연하게 말했다.

"하지만 당시엔 어른들이 어째서 그렇게 법석을 떠는지 전혀 몰랐고, 어쨌거나 이렇게 도움이 되잖아요.

무엇보다도 어린애가 한 짓이고."

아무래도 이 사람도 한 성격 하는 듯하다…. 말투와 분위기에 그만 속고 있었지만….

"좋아. 그럼 일단 다 함께 그걸 가지러 가자!"

"그건 관두는 게 좋을 것 같아요."

일어나서 기세 좋게 말하는 나에게 찬물을 끼얹는 실피르.

분위기라는 걸 모르는 여자다….

"좁고 갈래길이 많은데다 여기처럼 반짝이끼도 많이 나 있지 않아서 걷기 쉬운 곳이 아니에요. 많은 사람이 갔다가 무슨 일이라도 생기면 분명 다 뿔뿔이 흩어지고 말 거예요…. 저야 물론 안 가면 안 될 테지만 한 사람만 더… 그래요, 가우리 님. 함께 가지 않으실래요? 다른 분들은 여기서 대기하시고…."

"나?"

가우리가 왠지 힐끔 내 쪽을 보았다.

아무래도 실피르는 그에게 마음이 있는 듯한데….

취향 참 특이하네.

"어쨌거나 가요. 이런 일은 일찌감치 해치우는 편이 좋아요."

그렇게 말하고 일어서는 실피르. 가우리도 그리 내키지 않는 표정이었지만 영차 일어나서 옆에 앉아 있던 내 어깨에 손을 툭 얹더니,

"잘 들어. 내가 없는 동안 사고 치면 안 돼."

"걱정 마. 날 믿어."

"널 믿다가 잘된 일이 없어서 말이지…."

…….

"뭐, 어쨌거나 다녀올게. 최대한 빨리 올 테니까."

가우리는 나에게 서투른 윙크를 하고 실피르의 뒤를 따랐다.

두 사람을 전송하고 남은 버섯을 해치우자 우리들은 더 이상 할

일이 없었다.

"그런데 이제 뭘 하지? 우리들은."

턱을 괴면서 에리스가 말했다.

"그… 글쎄…."

그녀의 다리를 힐끔힐끔 바라보면서 란츠는 무언가 깊이 생각하는 척했다.

"생각할 것도 없어. 기다릴 수밖에 없잖아. 우리들이 멋대로 움직이다 무슨 일이라도 생기면 그땐 정말 돌이킬 수 없으니까."

딱 잘라 말하는 제르가디스.

"하지만 최소한 무언가 작전이라도 생각해두는 게…."

"아까 리나가 말한 것처럼 지금의 우리들은 적이 움직이기를 기다리는 소극적인 방법밖에 취할 수 없어. '레조'가 우리 세 사람의 수배서에 산 채로 잡으라는 조건을 붙인 것은 아마 자신의 손으로 우리들을 죽이고 싶어서일 거야. 그러니 녀석은 반드시 이곳으로 올 거야. 마을 사람들이 눈치채지 못하도록 극소수의 부하만을 데리고.

그러니까 지금 우리가 움직이는 것은 헛수고일 뿐이야."

"뭐, 그냥 기다리고 있는 게 따분하다면 할 일이 있긴 한데."

"뭔데?"

묻는 란츠에게 나는 손가락을 하나 척 세워 보였다.

"버섯 따기."

"'할 일이 있다'고 해서 뭔가 했더니…."

"버섯 따기라니."

에리스와 란츠는 번갈아 투덜댔다.

나와 함께 버섯을 캐며

"시끄러! 식량은 많이 확보해두는 편이 좋잖아. 그리고 버섯 따기가 싫다면 제르가디스처럼 처음부터 거절하면 되잖아!"

"하지만…."

"할 일 없이 빈둥대는 것보다는 나을 거라 생각했는데…."

"별로 재미없어."

"그런 이유로 우리들은 빠질게."

"혼자서 열심히 버섯을 따오라고."

말이 끝나자마자 두 사람은 원래 있던 곳으로 사라졌다.

…….

"흐…… 흥! 뭐야, 뭐야, 뭐야. 저것들은! 남이 모처럼 함께 버섯 좀 따자는데! 두고 보자…. 이 버섯 나눠주나 봐라!"

투덜거렸지만 그래도 버섯을 따는 손놀림만은 멈추지 않았다.

오기 부린다고 말하지 말기를. 이 나이 때에는 잘 먹어야 하니까.

나는 푸념하면서 열심히 손을 움직였다.

"정말. 이래서 요즘 젊은 것들은… 나도 젊지만… 어?"

나는 뒤에서 기척을 느끼고 돌아보았다.

"란츠!"

놀라 소리를 지르고 일어섰다. 보자기 대신으로 사용하고 있던 망토에서 버섯이 떨어졌다.

그는 비틀거리는 발걸음으로 벽에 몸을 기댄 채 서 있었다. 다쳤는지 왼손을 이마에 대고서 고통스러운 표정을 띠고 있다.

"무슨 일이야?!"

나는 당황해서 다가갔다. 뭐라 형언할 수 없는 불길한 예감이 등에 일었다.

"놈들이… 야…."

중얼거리는 듯한 목소리로 말하는 란츠.

"어디에?!"

무심코 몸을 내미는 나.

그 순간.

다시 묘한 예감이 등에 일었다.

무심코 한 발짝 물러섰다.

!

뜨거운 충격이 내 복부…… 정확히는 명치 바로 왼쪽을 엄습했다!

무… 무슨 짓을!

당황해서 몸을 빼고 벽에 등을 기댄 채 말하려던 나는 말문이 막혔다.

피가 묻은 나이프를 들고 기분 나쁜 미소를 띠고 있는 란츠의 이마에서 붉게 빛나는 루비를 발견했던 것이다.

"여기에."

목소리는 반대쪽에서 났다.

어느 틈에 돌아왔는지 역시 이마… 머리띠 바로 밑에 루비가 박혀 있는 에리스가 란츠와 같은 웃음을 띤 채 서 있었다.

그 손에는 역시 큼직한 나이프.

"나, 브루무군이 말야."

란츠는 웃으면서 말했다.

내 배에 난 상처는 지금은 견디기 힘들 만큼 뜨겁게 욱신대고 있었다.

아무래도 피는 멎을 것 같지 않았다….


"후욱!"

베어오는 란츠의 일격을 나는 가벼운 발걸음으로 피하려고 했다. 하지만 균형을 잡지 못하고 비틀거렸다.

공격은 피했지만 상처의 대미지는 생각 이상으로 깊은 듯 그 영향이 바로 드러났다.

어서 결판을 내지 않으면 정말 위험하다.

하지만 조종당하고 있을 뿐인 두 사람을 죽일 수도 없었다.

점차 거리를 좁히는 두 사람을 주시하면서 나는 속으로 작게 '슬리핑' 주문을 외우기 시작했다.

"어림없다!"

다시 덤벼드는 란츠. 겨우 피하긴 했지만 주문은 잠시 중단되었다. 다시 외우려고 했을 때….

울컥…!

뜨거운 덩어리가 목구멍 안에서 밀려 올라왔다.

위험하다…. 정말로….

"아무래도 여기까지가 한계인 것 같군."

에리스가 흐릿한 미소를 띠며 말했다.

"상처가 내장까지 퍼진 모양이네. 피를 토하는 걸 보면 주문도 외울 수 없겠지."

시… 시끄러워!

나는 마음속으로 외쳤다. 여기서 정신을 잃으면 그땐 정말 디엔드다.

왼손으로 허리 뒤쪽에 꽂아둔 쇼트 소드를 칼집째 빼들었다. 여유 있는 발걸음으로 다가오는 란츠를 그 칼로 내리쳤다.

"크윽!"

팔에 느껴진 작은 통증 때문에 순간 손에 힘이 빠져서 검을 놓치고 말았다.

그것은 란츠의 옆을 스쳐 동굴 안에 금속성의 소리를 냈다.

"끈질긴 녀석이군, 리나 인버스. 얌전히 죽음을 맞도록 해라. 나 브루무군에게 말야."

검을 든 내 손에 돌멩이를 던졌던 에리스는 여유롭게 나이프를 고쳐 잡더니 천천히 이쪽으로 다가왔다.

한 발짝 뒤로 후퇴….

순간 다리가 꼬였다.

완전히 균형을 잃고 뒤쪽으로 쓰러지는 나.

일어설 수 없다!

그렇게 생각한 순간.

의식이 끊겼다.


정신이 들자 밝은 빛 속에 있었다.

나의 주위를 여러 개의 그림자가 에워싼 채로 무언가 소리치고 있었다.

시끄럽네…. 정말….

그렇게 중얼거리려다 나는 작게 콜록거렸다.

그림자 하나가 내 얼굴을 들여다보며 무슨 소린가를 했다.

왠지 의미는 알 수 있었다. 아무래도 말하지 말라고 한 것 같다.

그제야 비로소 나는 자신의 눈에 초점이 풀려 있다는 것을 깨달았다.

잠시 눈을 감고 있다가 얼마 뒤에 느릿느릿 떴다.

하얀 빛을 등진 그림자가 서서히 그 윤곽을 드러냈다.

실피르….

그녀는 눈을 감은 채 열심히 주문을 외우고 있었다.

'리서렉션[復活]'의 주문이다.

부활이라는 이름이 붙어 있지만 이 주문은 죽은 사람을 부활시키는 주문은 아니다.

죽음은 어디까지나 죽음인 것이다.

이것보다 몇 단계 낮은 레벨의 술법 중에 '리커버리[治癒]'라는 것이 있는데, 이 주문은 승려라면 말할 것도 없고 여행 중인 어지간한 마법사, 전사나 음유 시인, 나아가선 행상인 중에서도 쓸 수 있는 사람이 많이 있다. 교회에 나가서 약간의 기부를 하고 사제 아저씨에게 부탁하면 이 정도 술법은 가르쳐준다. 실제로 나도 이 술법은 쓸 수 있기도 하고….

하지만 유감스럽게도 이 술법은 다친 사람의 생체 활동을 활성화시키고 치유 능력을 일시적으로 높이는 것뿐이므로 결국 다친 사람의 체력에 좌우된다.

한편 실피르가 지금 쓰고 있는 것은 주위에 있는 것들의 '기(氣)'와 힘을 매개로 해서 다친 사람의 체내에 불어넣는 술법이다.

이거라면 다친 사람 자신은 전혀 체력을 소모하지 않고도 상처를 치료할 수 있고, 높은 레벨의 술자가 다른 주문과 병행해서 쓰면 잘려나간 손이나 발을 재생하는 것도 가능하다.

하지만 이런 술법을 걸고 있는 것을 보면 아무래도 상당히 위험한 상태인 듯한데….

"정신이 들어? 리나. 괜찮아? 어디 아픈 데는 없어?"

평정을 잃은 목소리로 말을 걸어온 사람은 자칭 나의 '보호자'인 가우리였다.

나는 작게 고개를 끄덕여 보였다.

그 뒤에서 제르가디스가 조용히 나를 지켜보고 있었다.

그리고 그 뒤쪽에는 란츠와 에리스. 두 사람의 이마에 더 이상 루비의 모습은 없었다.

란츠는 지금이라도 울 것 같은 표정이었고, 에리스는 완전히 실의에 빠진 얼굴이었다.

사정은 잘 모르지만. 아무튼 죽을 고비를 넘긴 것만은 확실한 듯하다….

"너희들이 간 지 얼마 뒤에 검이 마주치는 소리가 났어."

제르가디스는 나를 바라보면서 조용한 목소리로 말했다.

"처음엔 기분 탓이려니 했지만 왠지 불길한 예감이 들어서 가 보니 저 두 사람이 이마에 루비를 붙인 채 쓰러진 너를 공격하고 있었지. 황급히 두 사람을 기절시키고 일단 못 움직이게 묶어두긴 했지만 넌 상당히 중상이었어. 혼자서 어찌할 바를 모르고 있을 때 가우리와 실피르가 생각보다 빨리 돌아온 거지."

아무래도 내가 집어 던진 검의 소리가 동굴 속에 메아리쳐서 제르에게 들린 듯하다.

어…? 하지만 그렇다면…?

설마… 혹시…?

"란츠와 에리스의 이야기로는 갑자기 잠에 빠졌는데… 그 뒤 실피르가 이마의 루비를 제거할 때까지 아무 기억도 없다더군."

"걱정했어…."

상냥한 목소리로 말하는 가우리.

"응…."

나는 작게 웃어 보였다.

"미안해…."

비통한 목소리로 말한 사람은 뒤쪽에 서 있던 란츠였다.

나는 미소를 지으면서 손을 팔랑팔랑 흔들어 보였다.

잘못한 건 그가 아니다. 뭐니 뭐니 해도 원흉은 그의 이마에 루비를 박아놓고서 조종하고 있던 브루무군이다.

실피르를 제외한 전원이 잠시 침묵했고, 그녀가 외우는 주문만이 나지막이 동굴 속에 흘렀다.

특별히 할 일도 없어서 그냥 여기저기 시선을 돌리고 있자니 가우리가 들고 있는 한 자루의 검이 눈에 들어왔다.

"그… 검이…?"

나도 모르게 입에서 말이 흘러나왔다.

"아무래도 이야기를 할 수 있을 만큼 회복된 것 같군요."

주문을 일시 중단하고 한숨 돌리면서 말하는 실피르.

"하지만 되도록 말은 삼가세요. 그 검… 그래요. 그게 이 '신성수' 안에서 만들어진 검이에요. 우리들은 '블레스 블레이드(축복의 검)'라고 부르고 있지만요…."

"설명은 나중에 해."

변함없이 차분한 말투로 말하는 제르가디스.

"일단 리나가 회복하는 것이 우선이야. 움직일 수 있게 되면 서둘러 이곳을 떠나자. 브루무군에게 거처가 발각된 이상 놈들의 동료가 오는 것은 시간문제니까."

"아니, 그건 곤란합니다."

멀리서 목소리가 울려 퍼졌다.

동굴의 반향으로 목소리가 흐릿하긴 하지만 그것은… '레조'!

"들리지요? 이쪽에서도 당신들의 목소리는 들리니까. 소리가 반향되어 대체 어디에서 들려오는 건지…

성가시니까 그곳까지 통로를 만들겠습니다. 위험하니 주의하시길."

말하고 나서 잠시 침묵.

"엎드려!"

본능적으로 무언가를 느끼고 외치는 가우리.

다들 일제히 몸을 숙인 그 순간.

반짝이끼 따위보다 훨씬 강렬한 섬광이 우리들이 있는 돔 형태의 방을 꿰뚫었다.

역시….

이때 난 확신했다.


고개를 들었을 때 우리들 바로 옆에는 어른… 아니, 사이클롭스조차 서서 통과할 수 있을 정도로 큰 구멍이 뚫려 있었다.

그 광경을 보자마자 일어서는 가우리.

"란츠."

그렇게 말하고 '블레스 블레이드'를 그에게 집어 던졌다.

"……?"

"다녀올게. 리나를 지켜줘."

란츠는 잠시 그의 얼굴을 올려다보았지만 이윽고 힘차게 고개를 끄덕였다.

"반드시 지켜줄게…."

"자, 그럼 가볼까? 가우리."

함께 낚시라도 가는 듯한 말투로 말하는 제르가디스.

애용하는 브로드 소드(Broad Sword)를 뽑아 들고 빙글 발길을 돌리더니 태연하게 방금 뚫린 구멍을 향해 걷기 시작했다.

"그럼."

돌아보지도 않고 비어 있는 손을 들어 우리들에게 인사를 했다.

"자… 그럼 힘 좀 써볼까."

나란히 걷기 시작하는 가우리.

구멍에서 갑자기 몰려오는 트롤을 가우리는 한칼에 베어버렸고, 제르의 공격마법이 다른 한 마리를 박살냈다.

그리고 두 사람은 구멍 안쪽으로 사라졌다.

칼이 부딪치는 소리와 폭음이 서서히 멀어져갔다.

"실피르 씨."

란츠가 말했다.

"리나에게 주문을. 움직일 수 있게 되면 우리들도 가죠."

그녀는 고개를 끄덕이고,

"조금만 더 있으면 돼요. 기다려주시길."

"아, 맞다."

다음으로 말을 꺼낸 사람은 에리스였다.

"미안하지만 난 지금 도망치도록 할게. 있어봤자 발목만 잡을 것 같고…."

"에리스!"

일어서려고 하는 그녀를 강한 어조로 제지한 것은 다름 아닌 나였다.

"지금은 안 돼. 오히려 말려들 위험이 있어."

"하… 하지만."

"안 돼."

나는 딱 잘라 말했다.

"뭐, 여기서는 리나의 말이 옳아."

란츠가 나를 거들자 그녀는 포기하고 다시 주저앉았다.

나는 한숨을 쉬고 가우리와 제르가디스가 향한 깊은 굴로 시선을 옮겼다.

"무사하면 좋겠는데… 저 두 사람…."

"그보다 자기 걱정부터 하는 게 좋을 것 같은데요?"

들려온 말소리에 돌아보는 일동.

그곳에는 검은 옷의 남자가 한 사람.

—비제아.


"미안하지만 지금 결판을 내야겠습니다."

"그… 그렇게는… 안 될…."

나는 어떻게든 몸을 일으키려 했지만 유감스럽게도 너무 강한 탈진감 때문에 몸이 거의 말을 듣지 않았다.

통증은 완전히 사라진 뒤였지만….

"안 돼요. 아직."

나를 제지하는 실피르.

"란츠… 미안해. 조금만 시간을 벌어줘. 부탁이야. 최소한 내가 회복될 때까지…."

"아니…."

그는 한 손으로 '블레스 블레이드'를 든 채 느릿하게 자리에서 일어섰다.

드물게 눈동자에 굳은 결의의 빛을 띤 채.

"네가 나서지 않아도 되게 하겠어. 큰 빚이 있기도 하고…. 그리고 형님과 한 약속도 있으니까. 이 녀석은…."

그는 자세를 취하고 단호하게 말했다.

"내가 해치운다."

## 4. 사령도시. 그저 바람만이 불 뿐⋯

"호오, 대단한 자신감이군요."

완전히 깔보는 태도로 말하는 비제아. 인간 전사 나부랭이에게 질 리 없다는 자신감이 엿보였다.

"란츠!"

나는 소리를 질렀다.

"그 녀석이 방심하고 있는 틈을 노려 '기'를 불어넣는 거야! 그렇게 하면 분명 쉽게 이길 수 있어!"

"흐음⋯. 적절한 조언입니다⋯. 난센스지만⋯."

시끄러워. 웃지 마.

그것은 나도 알고 있었다. 불의의 기습을 당한다면 몰라도 정면으로 싸우면서 방심할 바보는 없을 것이다.

그렇다면 '블레스 블레이드'를 매개로 한 란츠의 의지력이 비제아의 정신 방어력을 웃돌지 않는 한 그가 이길 수 없다는 공식이 성립되는 셈인데⋯.

솔직히 말해 란츠의 의지력은 약하다.

물론 평범한 생활을 하고 있는 사람들에 비하면 이야기가 다르지만, '일류 이상'으로 분류되는 전사들 중에선 아마 '매우 약하다'

쪽으로 분류될 것이다.

'블레스 블레이드'의 수준이 대체 어느 정도인지는 모르지만 그 힘을 빌린 상태에서 비제아의 방어력을 웃돌지 못한다면….

"당신은 절 이기지 못합니다. 아무리 발버둥을 쳐도."

"글쎄. 과연 그럴까?"

란츠는 입가에 씨익 미소를 지었다.

"덤비십시오. 전 얼른 당신을 해치우고 나머지도 정리하지 않으면 안 되니까."

"그럼… 사양 않고!"

란츠가 달렸다. 비제아의 얼굴 오른쪽 절반에서 무수한 하얀 채찍이 뻗어 나왔다.

"칫!"

'블레스 블레이드'가 번뜩이며 그 대부분을 베어냈다.

그리고 마족에게 달려드는 란츠!

"호옷!"

비제아는 높이 도약해서 철썩 천장에 달라붙었다. 마치 거대한 거미처럼.

"아무래도 조금 얕봤던 것 같군요…. 생각보다 재미있을 것 같습니다."

"재미는 없을 거야…. 너에게는…."

"그럴까요?"

비제아가 위에서 찍어누르듯 란츠를 향해 뛰어내렸다. 얼굴에서 무수한 하얀 채찍을 내뿜으면서.

"우왓!"

참지 못하고 후퇴하는 란츠.

비제아의 촉수는 땅속을 깊이 관통했고 뒤를 이어 본체가 착지했다.

"빌어먹을! 진전이 없어. 이래선!"

"그렇지도 않습니다."

말한 그 순간….

란츠의 발밑 땅이 갈라졌다!

"아니?!"

땅을 파고 이동한 마족의 촉수였다.

바로 밑에서 출현한 무수한 촉수에 란츠는 황급히 크게 도약했다. 하지만 그중 하나가 그의 장딴지를 꿰뚫었다.

"우욱!"

당황해서 촉수를 검으로 잘라냈지만 잘린 뒤에도 촉수는 란츠의 살 속으로 파고들려고 꿈틀거렸다.

"이 녀석! 죽어랏!"

반쯤 혼란에 빠진 상태에서 그는 '블레스 블레이드'를 휘둘렀다. 그것이 닿은 순간 그의 발에 박혀 있던 촉수가 듣기 싫은 소리를 내며 증발했다.

그의 의지력이 상승했던 것이다.

이 정도면 혹시… 비제아도….

"왜 그래요? 고생하는 것 같은데."

비제아가 말한 그 순간, 란츠의 옆에 있던 벽을 뚫고 무수한 촉수가 뻗어 나왔다.

그것을 철저히 검으로 베어내는 란츠.

…아무래도 좋지만 비제아의 이 공격 방식은 옆에서 보고 있으면 기분 나쁘기 그지없다. 얼마 동안은 파스타를 못 먹겠는걸.

"큭!"

갑자기 란츠의 움직임이 정지했다. 검을 든 오른손이 조금씩 조금씩 마족 쪽으로 끌려간다.

돌아보니 어느 틈엔가 그가 들고 있던 '블레스 블레이드'에 작은 실이 한 올 감겨 있었다.

비제아의 오른쪽 얼굴에서 뻗어 나온 하얀 촉수였다.

"그렇게 놀아줄 시간이 없어서 말이죠. 일단 그 거추장스러운 검부터 처리하도록 하겠습니다."

말이 끝나자마자 동굴 안에 작게 삐걱거리는 소리가 났다.

이 '신성수' 자체가 삐걱거리는 소리를 내고 있는 것이다.

비제아는 잠시 의아하다는 표정으로 주위를 둘러보았지만 곧 시선을 란츠에게 돌렸다.

"꽤… 단단한 검이군요. 어지간한 마법이라면 이 촉수 하나로 가볍게 부러뜨릴 수 있는데…."

부러질 리 없지.

실피르가 설명했다시피 그 검은 이 '신성수'와 동조하고 있다.

그것을 부러뜨리려면 이 나무를 부러뜨릴 만한 힘이 필요하다. 아무리 마족이라고 해도 비제아에게 그 정도의 힘이 있을 리는 없었다.

"하지만… 부러뜨릴 수 없다면 뺏으면 그만."

하얀 촉수가 꾸욱 감겼다.

란츠는 작은 신음 소리를 내며 몇 발짝 끌려가면서도 간신히 검을 빼앗기는 것만은 막았다.

하지만 그의 발은 조금씩 비제아 쪽으로 끌려갔다.

단 하나의 촉수가 검을, 그리고 버티고 있는 란츠를 잡아당기고 있는 것이다.

"빌어먹을!"

순간 란츠는 검을 쥐고 있던 손을 놓았다. 반동으로 뒤쪽으로 휘청거리는 마족.

"아니?!"

동시에 란츠는 앞으로 파고들어 빼앗긴 검을 느슨해진 촉수로부터 되찾고 그대로 마족의 품속으로 파고들었다.

푸욱!

'블레스 브레이드'가 비제아의 배를 정확히 꿰뚫었다.

"죽어랏!"

란츠의 외침과 그에 이은 비제아의 절규가 동굴 속에 울려 퍼졌다.

"크… 우오오오…."

천천히 비제아의 오른손이 치켜 올라갔다.

방금 공격을 버텨낸 건가?!

"빌어먹을! 빠져라! 빠져!"

란츠는 필사적으로 마족의 배를 꿰뚫은 검을 빼려고 안간힘을 썼다.

치켜 올라간 비제아의 오른손이 움찔 하고 작게 움직인 순간…….

"빌어먹을! 죽어버리란 말야!"

란츠의 두 번째 외침이 울려 퍼졌다.

"크아악!"

몸을 뒤로 젖히는 비제아.

란츠는 당황해서 물러섰다. 검을 마족의 배에 남겨둔 채로.

"크… 흐… 하아…."

그는 거친 숨을 몰아쉬면서 처절한 미소를 씨익 지었다.

"크흐…. 이번 것은 좀 셌군요."

비틀거리며 란츠 쪽으로 전진하는 마족.

압도되었는지 란츠는 주춤 뒤로 물러섰다.

마족은 양팔을 벌리고 배에 박혀 있는 검을 란츠의 눈앞에 들이밀었다.

"잊은 물건입니다. 자, 가져가는 게 어떻습니까?"

란츠는 조금씩 비제아에게 압도당하듯이 물러섰다.

"자… 뭘 하고 있습니까?"

느릿느릿 거리를 좁히는 비제아.

'블레스 브레이드' 없이는 란츠에게 승산은 없다. 그것을 알기에 마족은 그를 유인하고 있는 것이다.

란츠에게 남겨진 방법은 오직 하나. 비제아에게 박혀 있는 검을 잡고 마족에게 '기'를 주입하는 것뿐. 하지만 비제아는 란츠가 파고드는 그 순간에 승부를 걸려고 할 것이다.

'기'를 불어넣기 전에 비제아의 공격을 받으면 그의 패배. 그의 '기'를 만약 비제아가 버텨내도 결과는 마찬가지.

아무리 생각해도 불리한 싸움이다.

란츠의 등이 벽에 닿았다.

반짝이끼에 덮인 '신성수'의 거대한 뿌리인지 줄기인지의 안쪽이었다. 등이 닿은 여파로 빛나는 포자가 하늘에 날렸다.

"자! 덤비세요!"

비제아가 희열과도 같은 소리를 지른 그 순간….

"죽어라! 괴물!"

란츠가 외쳤다.

동시에….

마족의 배가 터지며 크게 파편이 튀었다.


"어…?"

자신의 몸에 무슨 일이 일어났는지 이해하지 못한 채 바닥에 무너지는 비제아.

상처에서 피 대신 분말 치즈 같은 노란색 가루를 흩날리면서 이윽고 꿈쩍도 하지 않게 되었다.

쏴아.

작은 곤충의 무리가 난무하는 소리와 함께 그의 육체는 완전히 가루가 되었다.

'블레스 블레이드'만을 남기고.

란츠는 '기'를 '신성수'에 불어넣었고 그에 동조한 검이 잠깐 동안 방심을 보인 비제아를 여지없이 박살냈던 것이다.

나는 힐끔 시선을 돌렸다.

"에리스, 뭘 멍하니 있는 거야?"

스스로 생각해도 짓궂은 질문이었다.

"아… 어?… 아, 아니… 마족은 저렇게 되는 구나 해서…."

생각대로 그녀는 당황해서 말했다.


"핫!"

가우리의 '빛의 검'이 번뜩이더니 브라스 데몬 한 마리를 두 동강 냈다.

이미 싸움은 어느 정도 결판이 난 뒤였다.

'레조'가 '신성수'에 뚫은 구멍을 통해 나오자 그곳은 사일라그의 한복판이었다.

나무 주위로는 상당히 큰 광장이 있었다.

조금 떨어진 곳에 크고 작은 집이 늘어서 있는데 그곳에서 이쪽을 바라보는 상당수의 구경꾼들이 보였다.

구경하는 입장에선 속 편한 일이겠지.

이쪽은 죽을 맛인데.

"용서 못 해…. 너희들…."

하늘에 둥실 떠 있는 라하님이 제르가디스를 조준했다.

"조심해! 제르가디스!"

가우리의 말과 동시에 라하님의 모습이 사라졌다.

"!"

본능적으로 몸을 피하는 제르가디스. 강풍이 그의 뺨을 스쳤다.

"호오…."

그는 재미있다는 듯 혀로 입술을 핥았다.

돌로 만들어진 그의 뺨이 조금 베여 붉은 피가 흘렀다.

"우리들도 그 녀석에게 고생했어! 조심해!"

가우리의 말에 그는 어이없다는 표정을 지었다.

"고생…? 너와 리나가 이 정도 상대에게?"

"이 정도라니…. 도저히 노려서 벨 수 있는 속도가 아니잖아!"

"그렇긴 하지만… 난 가볍게 해치울 수 있어."

그렇게 호언하고 그는 하늘에 떠 있는 라하님 쪽으로 검을 들이댔다.

"덤벼라, 물고기. 내가 요리해주마."

"할 수 있으면… 해봐…."

물고기인간의 꼬리가 꿈틀거리더니 그 모습이 다시 사라졌다.

동시에 움직이는 제르가디스. 검을 위쪽으로 치켜들고 체중을 앞쪽에 둔 채 자세를 낮춘다.

아, 그런 방법이 있었군.

쿠웅!

낮은 충격음과 동시에 제르가디스의 몸이 뒤쪽으로 크게 휘청거렸다.

그 뒤쪽의 땅에 추락하는 라하님.

깨끗하게 두 동강 나 있다.

분명 물고기인간의 속도는 대단한 것이었지만 유감스럽게도 대응력이 수반되지 않았다.

그런 까닭에 상대의 모습이 사라지는 순간 몸을 피하면 그 공격을 피할 수 있었던 셈인데….

그 속도와 대응력의 불균형 때문에 라하님은 궤도상에 위치한 제르가디스의 검을 피할 수 없었던 것이다.

쉽게 말해 자멸….

생각해보니 정말 바보 같은 이야기다.

"그렇지?"

말하는 제르가디스. 가우리는 어처구니없다는 표정을 지었다.

"여, 다친 덴 이제 괜찮아?"

언제부터 알고 있었는지 제르가디스가 우리들에게 손을 흔들어 보였다.

"응."

나도 기운차게 손을 흔들었다.

"리나!"

가우리가 그제야 이쪽의 존재를 눈치챘다.

"다친 덴 이제 괜찮은 거야?"

"응. 완벽해!"

나는 고개를 끄덕여 보였다.

"언제부터 보고 있었어?"

쓴웃음을 지으며 말하는 제르가디스.

"너와 라하님이 대결하기 시작할 때부터."

동굴에서 마족과의 사투에 종지부를 찍은 후.

나의 상처가 완치되자 란츠의 부상을 치료하고 밖으로 나왔다.

나와 란츠, 실피르, 에리스는 두 사람 쪽으로 걸어갔다.

"또 브루무군이 나왔는데… 해치웠어. 그러니까 이제 남은 것
은 그 비제아라는 마족과…."

"아, 그 녀석은 란츠가 해치웠어."

""란츠가?!""

동시에 놀라서 외치는 두 사람.

란츠는 엄지를 세우고 두 사람에게 윙크를 해 보였다.

"그럼… 남은 것은…."

제르가디스는 수북하게 쌓여 있는 버서커(광전사)들과 트롤들

의 시체 너머로 유유히 서 있는 붉은 그림자로 시선을 옮겼다.

"처 녀석… 인가…."

신음하듯 중얼거리는 가우리.

나는 쇼트 소드를 몰래 빼들고 조용히 그녀의 등에 갖다댔다.

"아니… 그전에 연극부터 끝내자고. 그렇지…? 에리스 브루무 군…."


"뭐라고?!"

"무슨 소리야?! 리나?!"

일동은 두 사람에게 주목했다.

"언제 알았지?"

끝까지 시치미를 뗄 줄 알았지만 그녀는 순순히 내 말을 긍정했다. 흔들림 없는 움직임으로 허리의 나이프에 손을 뻗더니….

"움직이지 않는 게 좋을 거야."

충고를 태연히 무시하고 나이프를 칼집째 벗어 아무렇게나 집어 던졌다.

이래선 내 쪽이 김이 빠진다.

"제르가디스, '레조' 쪽을 보고 있어. 만약 이상한 행동을 보이면 즉시 신호해줘."

자, 그럼.

"처음으로 네가 수상하다고 생각한 것은 동굴 안에서 너와 란츠의 습격을 받았을 때야."

"호오, 어째서?"

그녀는 뻔뻔하게 양손을 주머니에 찔러 넣은 채 느릿느릿 이쪽을 돌아보았다.

"내가 놓친 검이 낸 소리를 듣고 제르가디스가 구하러 왔잖아. 하지만 왜 그때 왜 브루무군은 나를 도우러 온 그를 막지 않은 걸까? 두 사람에게 '슬리핑' 주문을 걸고 이마에 루비를 박아놓은 이상 반드시 그곳에 있어야 하는데 말야.

그랬다면 나는 죽었을 거야.

정면으로 싸울 필요도 없었어. 공격주문 하나만 멀리서 날려주면 확실히 그의 움직임을 묶어둘 수 있었을 테니까.

그렇다면 대답은 하나, 브루무군은 두 사람에게 루비를 박을 때에는 있었지만 제르가 왔을 때에는 없었다는 것.

다른 통로를 통해 어디론가 갔든지, 아니면 두 사람 중 한 사람이 브루무군이든지. 그리고 란츠는 예전부터 알고 지내는 사이였으니까…"

"여기는 말야."

그렇게 말하고 그녀는 왼손으로 미간… 컨트롤 루비가 박혀 있던 장소를 가리켰다.

"포인트가 달라. 이곳에는 루비를 박아봤자 아무런 영향도 없어. 란츠처럼 좀 더 위에 박아야지. 제르가디스를 속이는 차원에서 나도 머리에 루비를 박고 조종당한 척하긴 했지만 그 루비에는 아무런 효력도 없었어.

송신용 루비는 몸 안에 박혀 있으니까 그것을 빼낼 때 머리띠를 벗긴다 해도 발견될 우려는 없었지….

하지만 이 녀석은 내가 바로 옆에서 작게 '슬리핑' 주문을 외우고 있어도 전혀 눈치를 못 채더라고…. 멍청하다고 해야 할지….”

“뭐라고!”

덤벼드는 란츠를 완전히 무시하고 그녀는 나에게 물었다.

“그래서, 나라는 것을 확실한 것은?”

“'레조'가 '신성수'를 마법으로 뚫었을 때. 만약 브루무군이 동굴 안에서 우리들을 발견해서 다시 밖으로 나갔다면 다시 한번 우리들이 있는 곳으로 '레조'를 안내할 수 있었을 텐데 그러지 않았어. 그리고 조준이 너무나 정확했지. 복잡하게 얽혀 있고 소리가 반향되는 그 동굴에서 그렇게까지 정확하게 위치를 알 수는 없어.

누군가가 이쪽에서 '레조'와 의식을 동조하는 사람이 없는 이상은 말야.”

나는 비어 있는 손으로 조용히 서 있는 적법사를 가리켰다.

“네가 이마에 루비를 박고서 조종하고 있었지? 저 적법사 레조의 복체를.”

에리스는 무슨 생각인지 묵묵히 미소를 띠고 있을 뿐이었다.

나는 더욱 추궁했다.

“생각해보면 그밖에도 이상한 점은 있었어. 거미인간이 너를 노렸을 때 '브루무군'이 필요 이상으로 너를 보호하려 했었거든

….

아마 넌 동료에게조차 자신의 정체를 알리지 않았겠지."

"뭐, 에레시엘 브루무군이라는 이름으론 사람이 모이지 않으니까."

넉살좋은 미소를 띠는 에리스.

"그래서 저 멍청이에게 루비를 박고 레조 님의 이름을 사칭해서 부하를 모은 거야."

그렇게 말하고 힐끔 '레조' 쪽에 증오와도 같은 시선을 보냈다.

"레조 님의 눈이 안 보인다는 것은 알고 있지? 저건 그 눈을 치료할 마법 실험용으로 만들어진 레조 님의 복제 호문쿨루스야. 마력 용량이 크긴 하지만 내가 움직이지 않는 한 아무것도 할 수 없고 의지를 갖지 않은 멍청이지.

하지만 아무리 동료를 모아도 너희들이 이리저리 피해 다니니 어쩔 수 없었어. 그래서 나도 단순한 현상금 사냥꾼인 척하고 때마침 발견한 제르가디스의 뒤를 쫓아다녔던 거야.

숲 속에서 기절해서 너희들과 함께 행동하게 된 것은 커다란 오산이었지만….

그때 저 가우리인가 하는 남자에게 붙잡히지 않았다면 저 '멍청이'의 술법으로 날려버렸을 텐데."

"그렇게까지 해서 이름을 날리고 싶어? 적법사 레조를 뛰어넘는 마법사의 이름을 손에 넣어서."

'레조'에게서 시선을 떼지 않은 채 말하는 제르가디스.

"분명 그것도 있어. 하지만 무엇보다도 나는⋯."

훗 하고 그녀는 한순간 아련한 눈을 했다.

"나는 그분⋯, 진짜 레조 님을 사랑했어⋯."

아⋯.

그녀의 말에 잠깐 동요하는 나.

그 순간⋯.

그녀의 손이 주머니 부근에서 살짝 움직였다.

주머니 속에서 뭔가를 꺼내 내 쪽에 손가락으로 튕긴 것이다.

컨트롤 루비!

파밧!

그것은 작은 소리와 함께 내 이마 한가운데에 명중했다.


"아니⋯?!"

소리를 지른 것은 내가 아니었다.

루비를 던진 에리스 쪽이었다.

루비는 허무하게 튕겨나가서 내 발밑에 떨어졌다.

"안됐구나."

난 왼손으로 이마를 가리키며 심술궂게 웃어 보였다.

"이 머리띠는 특제거든."

블랙 드래곤의 수염으로 짠 머리띠 안쪽에는 작은 '주얼스 애뮬 릿'이 하나 붙어 있다.

그 보석은 끊임없이 내 이마를 압박하고 있어서 주문을 외울 때 그곳을 정신의 집중점으로 삼고 있기도 하지만.

단언하건대 3류 전사의 허접한 검이라면 이 머리띠만으로 막아낼 수 있을 만한 보호 효과도 가지고 있다.

그런 바보 같은 짓은 하지 않지만….

"아무래도 여기까지가 한계인 것 같구나. 순순히 항복하고 우리들의 수배를 해제하도록 해."

"훗!"

의외로 빠른 몸놀림으로 에리스는 간단히 우리들의 포위망을 돌파했다.

이봐, 가우리! 란츠! 뭘 멍하니 있는 거야!

"승부는 아직 안 끝났어! 이리 와! 멍청아!"

마법사 에리시엘 브루무군의 목소리에 응답해서 우뚝 선 붉은 어둠이 느릿하게 움직였다.

쓸데없는 저항을! 만약 여기서 싸우게 된다면 나는 주저 없이 브루무군만을 노릴 것이다.

수배 해제에는 시간이 걸리겠지만 싸움은 그걸로 결판이 난다.

복제 레조는 소리도 없이 그녀의 뒤쪽으로 이동했다.

손에 든 지팡이가 치링 소리를 냈다.

두 사람과 우리 다섯 사람은 대치했다.

"얕보지 마…."

신음하듯 말하는 에리스.

"이곳은 사일라그 한복판이니 마을 사람들을 방패로 삼으면 섣 불리 손을 대지 못할걸?"

갑자기 야비한 소리를 지껄이는 그녀. 3류 악당이나 읊을 만한 대사이다.

"그리고 이 '멍청이'도 조악한 복제에 불과하긴 하지만 마력은 절대적이야. 내가 잘만 조종하면 너희들과 호각으로 싸울 수 있어!"

"아니, 오히려 당신이 거추장스럽습니다."

목소리는 뜻밖의 곳에서 났다.

"뭐?"

멍한 표정으로 돌아보는 에리스.

파악!

그 몸을 '레조'가 쏜 에너지 탄이 꿰뚫었다.

"어…?"

그녀는 믿을 수 없다는 시선으로 자신의 배에 뚫린 커다란 구멍과 '레조'의 얼굴을 번갈아 바라보았다.

"이상하십니까? 호문쿨루스인 저에게 '자아'가 있다는 것이. 무리도 아니겠지요….

당신도 입회한 그 실험에서… 저에게 '자아'가 싹텄습니다."

아욱….

에리스가 신음했다.

무릎이 작게 떨리고 있다.

"확고한 자아와 저의 마력이 있다면 당신이 자랑하는 장난감 따윈 아무런 도움도 안 됩니다.

이상하다고 생각하지 않았습니까? 비제아가 너무나 쉽게 우리들 편에 합류한 것이.

그들이 따르는 것은 무언가 계약을 맺은 자나 자신보다 강한 마력을 가진 자뿐입니다.

분명 그는 레조와 계약을 맺긴 했습니다만…

그래도 마족인데 외모와 흐르는 피가 같다는 것만으로 저와 레조를 잘못 볼 리 없지요.

그는 제가 가진 힘에 복종한 것입니다.

뭐 이런 건 떼어내고 싶다고 생각하면 언제든지 떼어낼 수 있지만요…."

'레조'는 자신의 이마에 붙어 있는 컨트롤 루비를 비어 있는 손의 검지와 엄지로 가볍게 떼어내더니 그리 많은 힘도 들이지 않고 하얀 두 손가락으로 가볍게 우직 부쉈다.

"당신이 보내오는 정보가 여러모로 도움이 되기도 했고 알아서 이것저것 해주기도 했기에… 편리해서 그대로 조종당해주었습니다만… 이크…."

죽었는지 갑자기 추욱 늘어진 에리스의 머리를 '레조'가 한 손으로 붙잡았다.

우직 하는 작은 소리가 내가 있는 곳까지 들려왔다.

에리스의 입에서 약하고 작은 비명이 새어나왔다.

"위험했습니다…. 잘못하면 죽을 뻔했군요…. 당신은 좀 더 제 푸념을 들어주셔야 합니다.

알고 있습니까? 제가 대체 무엇을 하려고 했는지.

예, 복수입니다.

레조는 보이지 않는 자신의 두 눈을 치료하기 위한 마법 실험용으로 자신의 복제 호문쿨루스, 즉 저를 만들어냈습니다.

하지만 실험 결과 제 눈은 뜨였지만 레조의 눈은 같은 처치를 했음에도 전혀 뜨이지 않았지요…."

그것은 레조의 눈에 걸린 봉인이 너무나 강력한 것이었기 때문이지만 그것은 당시의 레조도, 그리고 지금 우리들의 눈앞에 있는 '레조'도 모르는 사실이었다.

하지만 그러고 보니 '레조'는 여전히 양쪽 눈을 감고 있는데….

그의 말에 따르면 눈을 뜨고 있어야 정상인 거 아닌가?

"레조는 드러내진 않았지만 속으로는 분노하고 맹렬히 저를 증오했을 겁니다.

자신의 혈육을 써서 만들어낸 복제는 너무나 쉽게 시각을 되찾았는데 자신은 여전히 아무것도 보지 못하니…

화가 나지 않을 리 없겠죠.

그 결과 그는 이미 쓸모없어진 나에게 '마법 실험'이라 칭하며 여러 가지 인체 실험을 거듭했습니다.

화풀이였던 셈이죠.

그리고… 당신이 입회했던 그 실험 때 제 안에서 자아가 눈을 떴습니다.

정말로 그것이 저의 자아인지는 별로 자신이 없지만요….

어쨌거나 자아가 생겼기에 레조에 대한 증오가 생기는 것은 당연하겠지요.

그가 나에게 그런 짓을 했으니까…."

뭔지 모르지만 이 복제는 레조에게 상당히 심한 꼴을 당한 듯하다. 하지만 레조는 죽어버렸고, 브루무군… 에리스에 대한 복수라면 굳이 이렇게까지 일을 크게 만들지 않아도 되었을 텐데….

"전 어느 틈엔가 이 손으로 레조를 죽이는 것을 꿈꾸게 되었습니다. 녀석을 이길 수 있다는 자신도 있었죠.

하지만 제가 그 꿈을 실행에 옮기기도 전에 레조는 홀연 모습을 감추었습니다. 그리고…."

'레조'는 서글픈 한숨을 쉬었다.

"이윽고… 그가 죽었다는 이야기가 들려왔습니다.

아시겠습니까? 에리시엘. 그때 제가 얼마나 낙담했는지를.

레조는 제가 이 손으로 죽여야만 했습니다.

하지만 제가 어찌할 바 모르고 있을 때 당신은 제 방에 들어와서 말했지요.

저를 이용해서 레조의 원수를 갚겠다고.

레조의 이름을 부르면서 제 품속에서 우는 당신의 등을 바라보면서 제 머릿속에는 하나의 계획이 떠올랐습니다.

물론 그 실험에 가담한 당신도 언젠가는 죽일 생각이었지만, 우선…

에리시엘? 듣고 있습니까?"

얼마 동안 침묵이 흐른 뒤, 그는 내팽개치듯 에리스의 머리를 잡고 있던 손을 놓았다.

작은 쿵 소리를 내며 그녀의 몸이 땅에 쓰러졌다.

그 뒤로 그녀는 조금도 움직이지 않았다.

"이미 죽어버렸군요."

그는 우리들에게 어깨를 으쓱해 보였다.


"그럼… 이제 됐지?"

괴로운 표정으로 말하는 가우리.

"어서 우리들의 수배를 풀어줘."

"왜요?"

의외라는 표정을 짓는 '레조'.

"레조에 대한 저의 복수는 아직 끝나지 않았습니다."

역시….

"복수고 뭐고 진짜 레조는 이미 죽었단 말야."

그렇게 말하는 가우리에게 '레조'는 작게 미소 지어 보였다.

"예, 알고 있습니다. 죽은 사람과 싸울 수는 없겠지요….

하지만 레조를 뛰어넘는 방법은 딱 하나 있습니다."

"싸워서 이기는 것…. 오리지널을 죽인 우리들을…."

"정확히 맞히셨습니다."

내 말에 '레조'는 만족스럽게 고개를 끄덕였다.

정말 성가신 일이다…

'레조'가 우리들과 에리스를 한 번에 없앨 수 있는 기회는 전에 한 번 있었다.

'독기의 숲'에서 처음 직접 대면했을 때.

브루무군의 조종을 받고 있지 않았으니 내가 바람의 결계에서 '레비테이션'을 걸기 전에 공격을 했다면 함께 날려버릴 수 있었을 것이다.

그가 그러지 않았던 것은 아마 100퍼센트의 실력을 발휘하는 우리들과 싸우기를 바랐기 때문일 것이다.

나는 술법의 순서에서 실수를 저질렀고, 게다가 란츠와 에리스를 떠맡고 있었기에 충분한 힘을 내지 못했다.

그런 상태의 우리들을 이겨봤자 진짜 레조를 뛰어넘었다고 하기에는 어렵다고 생각했을 것이다.

아마도 그는 그리 생각했을 것이다.

"정말 바보 같군…."

토해내듯 말하는 제르가디스.

"그런 것에 왜 우리들이 협력해야 하지?"

"그렇겠죠. 기분은 이해합니다. 그래서 지금 수배를 풀어드릴 순 없습니다.

하지만 저를 죽이면 상금을 지불할 사람이 사라지는 셈이니까 수배는 풀립니다."

그는 지팡이로 땅을 두드렸다.

청량한 치링 소리가 울려 퍼졌다.

"그럼… 시작해볼까요?"


가장 먼저 움직인 것은 제르가디스였다.

브로드 소드를 치켜들고 정면으로 달려들었다.

천천히…

'레조'가 움직였다.

정면으로 내리치는 브로드 소드의 일격에 '레조'의 몸이 오른쪽으로 한 바퀴 회전했다.

붉은 망토가 공중에서 춤을 추었다.

타악.

무딘 소리가 나며 두 사람은 떨어져서 거리를 두었다.

내리치는 검의 평탄면을 왼발 돌려차기로 때리고 그 기세로 몸을 회전시켜 오른발 킥으로 제르가디스의 관자놀이를 노렸던 것이다.

그것은 겨우 피한 것 같지만….

"말도 안 돼…."

제르의 표정이 굳어졌다.

한 발짝 한 발짝 신중히 간격을 좁히며 잠깐 '레조'가 보인 빈틈을 노리고 다시 칼을 휘둘렀다.

날카롭고 맑은 소리가 울려 퍼졌다.

'레조'는 제르가디스의 일격을 지팡이 끝으로 막고, 지팡이를 든 손을 중심으로 지팡이 반대쪽을 치켜 올렸다.

그 끝 부분이 제르가디스의 배를 푹 찔렀다.

"우욱!"

그리 힘이 실린 것 같지는 않아 보였지만 그 일격은 제르의 몸을 크게 튕겨냈다.

그가 잠깐 보인 빈틈은 제르가디스를 유인하기 위한 수단이었던 것 같다.

이런, 이런…. 강하다. 이 녀석. 정말로.

"전력으로 덤비시길."

'레조'는 난처한 듯한 어조로 말했다.

"그럼 나와 한판 붙어볼까?"

가우리는 '빛의 검'을 집어넣고 가까운 곳에 떨어져 있는 버서커의 것을 보이는 바스타드 소드를 한 손으로 쥐었다.

"사양하겠습니다."

하지만 '레조'는 고개를 저었다.

"가우리, 그는 '빛의 검'을 든 너와 싸우고 싶어 해."

딱 잘라 거절당해서 멍하니 있던 가우리에게 설명해주었다.

"그렇습니다."

"쳇…."

맘에 안 든다는 듯 중얼거리고 그는 방금 주운 검을 집어 던졌다.

"자… 잠깐 기다려."

그렇게 말하고 몸을 일으키는 제르가디스.

"아직 내 차례는 끝나지 않았어. 이대로는 체면이 말이 아니어서 말이지."

"좋을 대로 하시길. 누가 먼저든 좋습니다. 뭐하다면 셋이 한꺼번에 덤벼도 상관없습니다만."

"헛소리 마!"

그렇게 외치고 달려드는 제르가디스. 그 검과 주문 공격을 일일이 무술과 지팡이로 막아내는 '레조'.

이 녀석… 장난 아니게 세다.

'레조' 쪽에선 아직 한 번도 공격을 펼치지 않았다.

아무래도 다 함께 덤빈다 해도 전력을 다하지 않으면 이길 수 없는 상대인 것 같다.

하지만 내가 전력으로 마법을 쓴다면 이 마을은 다시 죽음의 도시로 변할 것이다.

그때….

"리나 씨."

어느 틈엔가 내 곁에 와 있던 실피르가 작은 목소리로 말을 걸었다.

"제르가디스 씨에게서 들었는데… 당신, 그 '드래곤 슬레이브[龍破斬]'를 뛰어넘는 술법도 쓸 수 있다면서요…?"

기가 슬레이브[重破斬].

야, 제르가디스. 그런 걸 다른 사람에게 떠들고 다니냐?

최강의 주문으로 알려져 있는 '드래곤 슬레이브'는 이 세계의 모든 혼돈을 관장하는 마족의 왕 '루비 아이' 샤브라니구두의 힘을 빌려 펼치는 술법이다. 물론 이 초전재 마법사인 나도 그 술법을 쓸 수 있다.

'기가 슬레이브'…. 형식 자체는 '드래곤 슬레이브'와 별로 차이가 없지만 이것은 마왕 중의 마왕, 모든 시간과 별들의 어둠을 지배하는 '로드 오브 나이트메어'의 힘을 빌려 펼치는 술법이다.

엄청나게 강력한 술법이지만 당연히 위험 부담도 커서, 주문 제어에 실패하면 나는 아마 모든 생명력을 주문에 빼앗기고 죽게 될 것이다.

"그 술법은 절대로 쓰지 마세요."

"저… 저기 말야….

날 아무런 분별도 없이 공격마법을 날리는 바보처럼 말하지 말라고.

나도 이런 마을 한복판에서 그런 위험한 마법을 쓸 생각은 애초에 없으니까. 그 정도의 분별은…."

"아뇨, 그런 말이 아니에요."

강한 어조로 가로막는 실피르.

"가능하면… 평생 쓰지 말아주세요."

갑작스러운 부탁에 나는 눈을 크게 떴다.

"그… 그건 또 어째서…."

"그 주문이… 제어에 실패하면 대체 어떤 일이 일어날지… 아나요?"

알고 있냐고 물어도…. 지금까지 그 주문을 쓸 수 있었던 사람은 나 말고 아무도 없었으니 당연히 실패한 사람 따위가 있을 리 없었다. 알고 있는 것이 이상한 일.

"아마… 내 목숨은 없겠지?"

"그 정도로 끝나지 않아요. 그 신탁이 사실이라면… 아마… 이 세상이 멸망할 거예요."

실피르의 말에 나는 잠시 멍해졌다.

세계가… 멸망한다고?

"무녀의 능력 중 하나에 '신탁'이라는 것이 있다는 사실은 아시죠?"

나는 고개를 끄덕였다.

신과 그에 버금가는 고위의 존재와 의식을 일치시켜 본래대로라면 절대로 알 수 없는 것을 알게 되는 능력.

그렇게 말하면 더할 나위 없이 편리한 능력처럼 들리지만 유감스럽게도 이것은 본인이 전혀 제어할 수 없다.

언제 어디서 어떤 신탁이 내릴지 무녀도 전혀 예측할 수 없는 것이다.

또한 골머리를 썩이고 있는 사건에 직접 관계가 있는 신탁이 내려지는 것만도 아니다.

극단적인 예를 들면, 한 나라의 존망이 걸려 있는 음모의 해결에 골머리를 썩이고 있을 때 갑자기 화장실에서 10년 후의 무 가격에 대한 '신탁'이 내려질 수도 있다는 것.

…내가 생각해도 정말 극단적인 예지만.

하지만 경우에 따라 아무런 도움이 되지 않는 신탁이라도 그것이 틀리는 일은 결코 없다. 세계가 멸망한다고 하면 정말로 멸망하는 것이다.

"그건 '허무'의 매개자를 이 세상에 끌어오는 술법이죠. 그런 까닭에 어떠한 힘도 범접하지 못하게 하고 대부분의 존재를 '무'로 되돌리고 마는 힘이 있지만, 만약 그것이 폭주한다면 '허무'는 술자… 즉 당신을 중심으로 이 세계에 구현되어…. '허무'가 '구현'된다는 표현이 좀 이상하긴 하지만… 어쨌거나 모든 것을 집어삼키게 되지요."

모든 것을 집어삼키다니… 말이 쉽지…. 그거 굉장히 큰 사건이라고.

나는 너무나 엄청난 사실에 잠시 침묵했다.

하지만 어쨌거나 지금은 그런 걸로 고민하고 있을 때가 아니었다. 어찌 됐든 그런 것을 이런 곳에서 쓸 생각은 애초에 없기도 했고.

"알았어. 절대로 쓰지 않을게."

건성으로 그 부탁을 받아들이고 시선을 다시 제르와 '레조'의 싸움으로 돌렸다.

어깨로 숨을 헐떡거리는 제르가디스가 숨 하나 흐트러지지 않은 '레조'를 노려보고 있었다.

특별히 제르가디스가 약해진 것은 아니다. '레조'가 너무나 강한 것이다.

"빌어먹을!"

제르가디스는 검을 내던지고 주문을 외우기 시작했다.

잠깐! 그 주문은!

"그래…. 그렇게 나와야지요."

기쁜 듯 중얼거리는 '레조'.

뭘 생각하고 있는 거야!

'브레이브 하울[蓮獄火炎陣]'…. 주변 일대의 땅을 용암으로 바꾸는 술법이다. 방향성이 있는 술법이기에 뒤쪽에 있는 우리들에겐 영향이 없지만, '레조'의 뒤쪽에 펼쳐진 사일라그의 건물들은 무사할 리 없다.

갑자기 마을이 괴멸되는 사태는 없다고 해도 큰 화재 정도는 날 것이다.

"제정신이야?! 제르!"

나의 외침에 문득 제정신으로 돌아온 제르가디스.

"그런 걸 이런 곳에서 썼다간 마을이 어떻게 될지 알고 있어?!"

"흐음…."

하지만 난처한 듯 소리를 낸 것은 '레조' 쪽이었다.

"곤란하군요…. 전력으로 덤비지 않으니. 이래선 당신들을 죽여봤자 의미가 없습니다."

꽤 건방진 소리지만 결코 허풍은 아니었다.

이 녀석은 분명 나보다 큰 마력과 가우리에 비견될 만한 전투력을 가지고 있을 것이다.

"그래, 그렇다면 이렇게 하죠."

'레조'는 명안이 떠오른 어린애 같은 표정으로 말하더니 지팡이로 땅을 두드렸다.

"ㅋㅐㅠㄲㅎ…."

발음하는 것은 물론이고 들을 수조차 없는 이상한 주문이 '레조'의 입술에서 흘러나왔다.

다음 순간.

딱딱하고 마른 소리와 함께 희미하게 빛나는 마력의 장벽이 우리 다섯 사람과 '레조'를 에워쌌다.

"무… 무슨 짓을 할 셈이야?! 너!"

당황해서 소리치는 란츠.

"별것 아닙니다…. 당신들의 발목을 잡고 있는 것을 없애줄 뿐이니까요. 실피르 씨와 거기 있는 당신만 이 싸움의 증인으로 남겨두고…."

서… 설마 이 녀석!

"…ㅇㅕㅋㄲ…."

주문을 외우는 소리가 다시 바람 속에 흘렀다.

"그만둬! 제발!"

내가 외쳤을 때….

'레조'의 주문은 완성되어 있었다.

"HH!"

그가 손에 든 지팡이를 크게 치켜든 순간….

'장벽' 밖이 눈부신 빛에 휩싸였다.

란츠가 들고 있던 '블레스 블레이드'가 우직 하고 작은 소리를 냈다.

"아니!"

"뭐야! 무슨 일이야?!"

"뭐야, 이거는."

각각 외치는 일동.

그 안에서 나와 '레조'는 정면으로 노려보고 있었다.

두 사람만은 알고 있었다.

이 순간 사일라그가 다시 '죽음의 도시'로 변했다는 것을….


맨 처음 비명을 지른 것은 다름 아닌 실피르였다.

빛이 걷히고 바깥의 양상이 보이기 시작했다.

―하지만 '레조'가 해방시킨 에너지의 여파는 아직도 장벽 밖에서 소리 없이 날뛰고 있었다.

아니, 소리가 없는 것이 아니라 이 마력 장벽이 외부에서 들려오는 소리를 완전히 차단하고 있었다.

한 아름은 되는 바위가 종이로 된 풍선처럼 날아다녔고, 비슷한 크기의 바위와 부딪쳐서 박살이 났다. 토사와 모래 연기로 멀리까지 보이지는 않았지만 마력 에너지의 여파만으로도 이 정도 위력이니, 아마 '드래곤 슬레이브'를 웃도는 에너지량일 것이다. 그렇다면 사일라그는….

처음의 빛으로 흔적도 없이 사라졌을 것이다.

"말도 안 돼…."

메마른 목소리로 중얼거리는 제르가디스.

정신을 잃고 그 자리에 무너지는 실피르.

그런 그녀를 황급히 부축하는 란츠.

흙먼지가 걷히고 있는 장벽 바깥에는 내가 예상했던 그대로의 풍경이 펼쳐져 있었다.

쉽게 말해… 완전한 황무지.

얼마 전까지만 해도 이곳에 마을이 있었고, 사람들이 웃고 기뻐하고 생활했던…. 그 약간의 흔적조차 그곳에는 하나도 남아 있지 않았다.

단 하나….

그 압도적인 에너지의 격류를 버텨내긴 했지만 두꺼운 껍질과 가지와 잎새가 남김없이 날아가버린 '신성수'만이 마치 방금 만들어진 거대한 말뚝처럼 홀로 남겨져 있었다.

"조금 지나쳤나요…? 방금 것은 저도 조금 힘이 들었습니다만…. 어쨌거나 이제 당신들도 마음껏 싸울 수 있겠죠."

뻔뻔스러운 얼굴로 '레조'가 말했다.

"너… 알고 있어? 네가 지금 무슨 짓을 했는지…."

떨리는 목소리로 말하는 나에게 그는 온화한 미소를 보였다.

"알고 있고말고요…. 하지만 저에겐 아무래도 상관없는 일입니다.

그보다 중요한 것은 제 마음속 깊은 곳에 아직도 무겁게 존재하고 있는 적법사 레조의 망령을 제거하는 것. 전력으로 싸운 당신들을 이겨서 말이죠."

"그렇다면!"

척! 하고 레조를 가리키며.

"해치워줄게! 희망대로 전력으로!"

그렇게 말하고는 가슴 앞에 양손을 모으고 어둠의 주문을 외우기 시작했다.

"'드래곤 슬레이브'인가요?"

환희에 넘친 소리를 지르는 '레조'. 그 입술에서 다시 낯선 주문이 흘러나왔다.

내가 주문을 다 외우기 전에 공격해서 먼저 우리를 날려버릴 생각이겠지만….

그렇게 맘대로 되진 않을걸!


황혼보다 어두운 자여

피의 흐름보다 붉은 자여

시간의 흐름 속에 파묻힌

위대한 그대의 이름으로
나 여기서 어둠에 맹세한다
우리들의 앞을 가로막고 있는
모든 어리석은 자들에게
나와 그대가 힘을 합쳐
동등한 멸망을 가져다줄 것을!


'카오스 워즈(Chaos Words)'로 엮인 말의 순서는 세상에 존재하는 인과를 조율하고, 술자가 맺은 수인(手印)과 정신력을 매개로 '힘 있는 언어'가 되어 그 힘을 개방한다.

나의 주문이 완성되었다.

"드래곤 슬레이브!"

"ㅆㅈ!"

두 사람은 동시에 주문을 개방했다.

이런! 같이 죽는 패턴이다!

그렇게 생각한 순간….

'드래곤 슬레이브'에 의해 대폭발을 일으켜야 할 '레조'의 주위에 새빨간 안개 같은 것이 발생했다.

그것은 잠시 '레조'의 주위에 엉겨 있다가 이윽고 서서히 옅어졌다….

그뿐이었다.

그는 조용한 목소리로 말했다.

"같이 죽는 것은 무의미하니까요…. 일단 방어를 했습니다.
당신의 '드래곤 슬레이브'…."

나는 움직일 수 없었다.

말도 안 돼.

이 주문은 상당한 수준의 마족조차 한 방에 보낼 수 있다.

물론 인간이라면 아무리 대단한 마법사라 해도 이것을 막기란
불가능.

이것을… 이리도 간단히….

"그렇게 놀랄 일은 아닙니다."

태연하게 '레조'가 말했다.

"'루비 아이' 샤브라니구두의 힘을 빌린 공격주문이라면 같은
'루비 아이'의 힘을 빌린 방어마법으로 막을 수 있으니까요…. 어
려운 논리는 아닙니다."

마치 누구라도 만들 수 있는 야식의 조리법을 해설하는 듯한 어
조였다.

이론적으론 분명 말이 되긴 하지만….

'드래곤 슬레이브'는 인간이라는 생물이 가질 수 있는 최대의
마력을 사용하는 술법이다.

아무리 같은 '루비 아이'의 힘을 빌린 방어마법이라고 해도 그
것을 막으려면 인간 이상의 힘이 필요하다.

"그럼…."

'레조'는 천천히 지팡이를 움직이더니…,

"끼!"

주문과 함께 크게 오른쪽으로 쳐들었다.

카앙!

불꽃이 튀었다.

어느 틈에 접근했는지 가우리가 '빛의 검'을 휘둘렀고 '레조'가 막아낸 것이다.

주문의 힘을 실은 지팡이로.

"다음은 당신입니까?"

그렇게 말하던 레조의 표정이 굳어졌다.

은색 빛이 한 줄기 번뜩이며 잘려 나간 붉은 망토가 하늘에 나부꼈다.

망토를 벗어 던진 '레조'는 '신성수' 쪽 방향으로 조금 물러나 착지했다.

"미안하지만 나도 끼워줘."

씨익 웃는 제르가디스.

갑자기 뒤쪽에서 공격하는 게 어디 있어?

그러니까 꼭 악당 같잖아.

그렇긴 해도 '드래곤 슬레이브'를 그렇게 쉽게 무력화시키는 녀석을 상대로 정면으로 싸워 이길 수 있을지는 의문이지만….

"제르가디스!"

가우리는 비난의 소리를 질렀다.

"가우리…. 너 뭔가 착각하고 있는데."

'레조'에게 시선을 고정한 채 제르는 말했다.

"정정당당하게 1대1 같은 속 편한 소리를 할 수 있는 상대가 아니야, 이 녀석은."

"하지만…."

"둘이 함께 덤비세요."

'레조'는 조용히 미소 지었다.

"저로서도 그 편이 더 재미있으니 말이죠….

어떻습니까? 당신도 함께 싸우는 것이."

'레조'의 권유에 나는 고개를 저었다.

아무도 말하지 않으니 내 입으로 직접 말하는데, 나도 검은 꽤 잘 쓰는 편이라서 신참 병사 열 명 정도라면 가볍게 요리할 자신이 있다.

하지만….

가우리와 제르가디스, 이 두 사람은 차원이 달랐다.

백병전 위주의 싸움에서 이 두 사람 사이에 내가 끼면 방해만 될 뿐이다.

그렇다고 옆에서 주문 원호사격을 하는 것은 잘못하면 두 사람이 위험할 수도 있고….

"그만둘래. 나는 두뇌 플레이에 충실하고 싶어."

"그럼 맘대로 하시길…. 그럼…."

그는 다시 두 사람과 대치했다.

물론 나도 그저 묵묵히 싸움의 양상을 지켜볼 생각은 없었다.

머릿속에서 여러 가지 대책을 생각하고 있었다.

아무 생각도 안 떠올랐지만….

'드래곤 슬레이브'가 먹히지 않은 이상 가지고 있는 주문 중 녀석을 쓰러뜨릴 수 있을 만한 것이라고 하면….

'기가 슬레이브'.

그 주문의 존재는 아무리 '레조'라도 알 리가 없고, 아까와 같은 방어주문을 쓴다 해도 이 주문이라면 그것을 깨뜨리는 데에는 충분할 것이다. 하지만….

말뚝을 박아버렸지…. 아까 실피르가….

뭐 지금이라면 그녀도 정신을 잃고 있으니 사용한다 해도 모르겠지만.

그런 문제가 아닌가…?

생각하는 와중에 세 사람의 싸움은 시작되었다.

'레조'는 가우리의 검을 간신히 막고, 제르가디스의 주문을 튕겨낸 다음 크게 뒤로 물러섰다.

"ㅋ!"

'레조'가 외쳤다.

우웅!

그에 공명하듯 공간이 삐걱거리는 비명을 질렀다.

처음으로 '레조'가 공격에 나섰다.

순식간에 그의 주위에 십여 개의 주먹만 한 빛의 구슬이 출현했다. 내 등에 한기가 일었다.

저건… 설마 저건 '블래스트 밤[泰爆呪]'?!

내가 아는 한 유사 이래로 이 주문을 쓸 수 있었던 마법사는 오직 한 명. '드래곤 슬레이브'를 창안한 고대의 현자 레이 마그너스뿐….

나도 한때 이 주문의 연구에 몰두했던 시기가 있었는데 결국 모든 것이 허사로 끝났다.

작은 불덩어리를 여러 개 쏜다든지, 파이어 볼을 도중에 분열시키는 기술을 가까스로 쓸 수 있었지만, 그 위력은 매우 미미한 것이었다.

전설에 따르면 이 주문은 그 빛의 구슬 하나하나가 통상의 파이어 볼보다 몇 배나 큰 파괴력을 가지고 있다고 한다.

"위험해! 도망쳐!"

내가 외침과 동시에 '레조'는 빛의 구슬을 발사했다.

두 사람은 황급히 물러섰다.

하지만 이미 늦었다!

빛이 터지며 여러 개의 섬광이 뿜어 나왔다.

새빨간 불꽃이 두 사람을 감쌌다!

"……!"

나는 소리 없는 비명을 질렀다.

방금 그건… 두 사람 모두 정통으로 맞았다.

다리가 후들거리는 것을 스스로도 알 수 있었다.

…가우리… 제르가디스….

이윽고 불꽃과 연기는 서서히 걷혔고, 그곳에는….

멍청히 서 있는 두 사람의 무사한 모습이 있었다.

"흠…."

맘에 안 든다는 표정으로 '레조'는 내 쪽으로 시선을 옮겼다.

아니, 내 뒤쪽으로….

"저에게 당신을 쓰러뜨릴 힘은 없어요…. 하지만 이 정도라면
…."

중얼거리는 목소리에 돌아보는 나.

"실피르!"

충격에 의한 실신 상태에서 벗어난 그녀가 명중 직전에 두 사람
을 방어주문으로 방어한 것이다.

상당히 큰 기술이었는지 그녀의 어깨가 크게 들썩이고 있다.

"가우리 님! 제르가디스 씨! 사일라그와 그리고… 아버지의 복
수를! 방어마법의 효력이 다하기 전에!"

"응!"

그제야 상황을 이해한 두 사람이 '레조'에게 달려들었다.

적법사는 제르가디스가 쏘아낸 주문을 마력이 서린 왼손으로
튕겨 냈고, 다음 순간 내리쳐진 가우리의 '빛의 검'을 지팡이로 막
았다.

계속해서 제르의 브로드 소드가 번뜩였다.

'레조'의 몸이 반원을 그렸다.

가우리의 검을 받아넘기면서 펼친 깨끗한 돌려차기가 검을 쥐고 있는 제르가디스의 오른손에 명중했고, 브로드 소드는 제르가디스의 손에서 떨어졌다.

그 틈에 다시 휘둘러진 가우리의 검은 다시 지팡이로 막아냈다.

검을 잃은 제르가디스는 여세를 몰아 '레조'에게 돌진했다.

두 사람의 몸이 겹쳐진 순간…,

"욱!"

작은 신음 소리가 흘러나왔다.

섬광이 뿜어 나왔고 제르가디스는 튕겨나갔다.

하지만….

"훗…."

몸을 일으키면서 미소를 지은 것은 제르가디스였다.

어디에 숨겨두고 있었는지 오른손에는 한 자루의 단검이 들려 있었다.

칼날에는 새빨간 피.

옆구리를 정확히 찔린 '레조'가 증오의 시선을 그에게 돌린 순간….

가우리의 오른발이 적법사의 턱을 정확히 걷어찼다.


거꾸로 날아가서 대자로 쓰러진 '레조'에게 가우리가 올라탔다.

적법사의 양손을 양발로 찍어 누르고 '빛의 검'을 치켜들었다.

이제 '레조'도 양손을 쓸 수 없다. 억지로 가우리를 밀쳐내려고 하면 그 순간 '빛의 검'이 그를 찌를 것이다.

아무래도 이걸로 결판이 난 것 같다.

내가 나설 차례는 없었지만….

"죽여! 가우리!"

제르가디스가 외쳤다. 하지만 그는 움직이지 않았다.

"우리들에게 건 수배를 해제하고 더 이상 노리지 않겠다고 맹세해라."

자세를 그대로 유지한 채 가우리가 말했다.

"이봐! 가우리!"

비난의 소리를 지르는 제르가디스.

"강했어, 넌… 정말로…. 난 지금처럼 숫자로 밀어붙이는 싸움은 별로 좋아하지 않아서… 가능하면 죽이고 싶지 않군."

"물러터졌군…."

괴롭게 내뱉는 제르.

"저는…."

제압된 상태에서 '레조'가 말했다.

그의 표정은 가우리의 몸에 가려서 나에겐 보이지 않았다.

"당신이 생각하는 것보다 강합니다…."

그 목소리가 반향된 것처럼 들렸다고 생각한 순간.

소리를 지르고 물러난 것은 가우리 쪽이었다.

크게 뒤쪽으로 날아가서 꼴사납게 착지… 아니, 쓰러졌다.

여러 번 땅을 구른 그의 주변 땅이 붉게 물들었다.

돌아보니 양쪽 어깨에서 허벅지에 걸쳐 세로로 길쭉하게 깊이 베여 있었다.

이건 대체…?

"그래요. 이것이…."

붉은 어둠이 느릿느릿 몸을 일으켰다.

"아니?!"

제르가디스의 입에서 작은 절규가 튀어나왔다.

"적법사 레조가 저에게 한 짓입니다…."

구경에 전념하던 란츠는 노골적으로 소리를 질렀고, 실피르도 숨을 삼켰다.

나는 보았다.

'레조'의 본모습… 그 정체를.


그때까지 감겨 있던 그의 두 눈은 뜨여 있었다.

…눈? 아니….

안쪽에는 작고 하얀 것이 빼곡히 자라나 있었고 검붉은 어둠이 엿보이는 그 안에선 붉고 긴 채찍이 뻗어 나와 있었다.

아마도 그것이 가우리를 벤 것의 정체일 것이다.

그것이 혀라는 것을 이해할 때까지는 잠시의 시간이 필요했다.

닫혀 있던 것은 눈이 아니었다.

원래 눈이 있어야 할 장소에 희고 작은 이가 빼빽하게 자라나 있는 두 개의 작은 입이 웃는 형태로 벌어져 있었다.

그 대신….

…대신이 될지 어떨지는 모르겠지만….

깊이 눌러쓴 후드가 벗겨지고 '레조'의 이마에서 세로로 길게 뜨인 하나의 거대한 파란 눈동자가 이쪽을 빤히 바라보고 있었다.

"그래요. 적법사 레조, 마법사 브루무군…. 두 사람이 한 짓이 바로 이것…."

"저를 마족의 몸과 합성한 것이었습니다…."

"그리고 저는 그 실험에 의해 '자아'를 가지게 되었습니다…. 웃기는 일이죠…."

'레조'의 세 개의 입이 번갈아 말을 이었다.

"이 '자아'가 마족과의 합성에 의해 눈을 뜬 저의 자아인지."

"아니면 이것이 마족의 자아인지."

"그것은 저도 모릅니다…."

눈이 먼 적법사 레조….

그는 너무나 쉽게 광명을 되찾은 자신의 복제에 분노해서 아직 '자아'가 없었던 그를 마족과 합성했던 것이다.

화풀이로. 어쩌면 재미 삼아….

나는 '레조'가 그렇게 거대한 술법을 쓸 수 있었던 진짜 이유를 알 것 같았다.

합성된 마족의 마력이 있었기에 모든 것은 가능했던 것이다.

그러고 보니 실피르가 말했다. 레조가 온 후로 신성수의 성장이 급속히 촉진되었다고.

생각해보면 이런 거대한 신성수를 성장시키기란 어지간한 힘으론 부족했다.

본래 어둠 속에 살고 있는 마족의 성질과 거대한 증오….

거기서 만들어진 독기가 있었기에 가능했던 것이다.

하지만 그렇다면….

주춤 물러서서 실피르의 옆에 섰다.

"실피르…."

작게 그녀의 귓전에 속삭이는 나.

"갚아줄게…. 너의 마을과 아버지의 원수를…."


"자… 그럼 슬슬 주인공이 등장해보실까."

나는 성큼 앞으로 나섰다.

"란츠, 가우리를 부탁해. 목숨이 위태로운 부상은 아닐 테니까 크게 걱정할 필요는 없을 거야."

그렇게 말하면서 란츠에게서 빌린 '블레스 블레이드'를 거머쥐었다.

은백색의 도신에는 동조되어 있는 '신성수'가 입은 대미지의 영향을 그대로 반영한 것인지 무수한 작은 균열이 나 있었다.

나는 힐끔 왼쪽에 보이는 '신성수'를 바라보았다.

기다려, 가우리. 금방 결판을 낼 테니까….

"이번엔 마법전입니까?"

'레조'는 조용히 미소 지었다.

"이런 무서운 육체를 가지게 된 대가로 마족의 마력과 인간의 기술을 손에 넣은 저에게….

충고해두지만 그다지 유리한 싸움은 아닐 겁니다…."

"글쎄…. 그건 싸워보지 않으면 모르잖아? 그럼 가볼까? 제르가디스."

"응."

그렇게 말하고 그는 손에 든 단검을 내던졌다.

'레조'가 마족과 합성된 존재인 이상, 단검 따윈 거의 쓸모가 없었다.

"리나!"

가우리는 콜록거리면서 '빛의 검'을 내밀었다.

"이건… 필요 없어…?"

"그건 제르가디스에게 줘."

나는 '블레스 블레이드'를 들고 자세를 취해 보였다.

"난 이걸 쓸게."

"알았어…."

가우리는 씩 웃더니 '빛의 검'을 제르가디스에게 집어 던졌다.

"이제 준비는 다 되셨나요?"

'레조'의 말에 나와 제르는 조용히 고개를 끄덕였다.


"끄!"

'레조'의 세 개의 입이 동시에 다른 주문을 외웠다.

인간이 발음하지 못하는 주문의 정체가 이것이었다.

마족의 마력에 뒷받침된 복합 혼성 주문….

우리들은 도약했다.

동시에 푸른 플라스마가 대지를 강타했다.

도약하지 않았다면 지금쯤 저것의 제물이 되었을 것이다.

착지하는 순간 나의 주문이 완성되었다.

"고즈 부 로!"

대지에 비친 검은 그림자가 '레조'를 향해 달려갔다.

이것을 붙잡히면 아스트랄 사이드에서 대미지를 입는다.

그렇게 되면 아무리 '레조'라도 타격이 있을 터.

"소용없는 짓을!"

그는 지팡이를 치켜들었다. 다시 그걸로 '그림자'를 제압하려는 것이다.

하지만 그리 쉽진 않을걸!

딱!

나는 손가락을 튕기고 왼손을 크게 휘둘렀다.

'그림자'가 그 궤도를 바꾸었다.

나의 조종에 따라.

원래는 일직선으로밖에 가지 못하는 기술이라도 주문의 의미를 정확히 이해하고 수정하면 이런 것도 충분히 가능하다.

"아니?!"

황급히 '레조'는 물러났다.

그 뒤를 '그림자'가 집요하게 쫓았다.

"호!"

그는 주문을 외우고 지팡이 끝으로 땅에 원을 그렸다.

파직!

원에 닿은 순간 '그림자'는 깨끗하게 소멸했다.

그 틈에 제르가디스는 '레조'의 품속으로 파고드는 중이었다.

'빛의 검'이 번뜩였지만 '레조'는 여유만만하게 뒤로 물러섰다.

그 순간….

빛의 검에서 분리된 빛의 칼날이 '레조'를 향해 날아갔다.

그리고 제르가디스가 달렸다.

손에 든 검에는 다시 빛의 칼날이 생겨나 있었다.

적법사가 첫 공격을 지팡이로 막는 그 잠깐의 빈틈을 타서 검으로 베려고 하는 것이다.

"칫!"

날아오는 마력의 칼날을 '레조'는 한 손으로 튕겨내고 제르를 지팡이로 내리쳤다!

우직!

제대로 일격을 얻어맞고 힘없이 날아가는 제르가디스.

하지만 나는 레조의 뒤쪽으로 돌아가 있었다.

주문은 거의 완성되었다.

그 사실을 눈치챈 '레조'도 황급히 대항하는 주문을 외우기 시작했다.

내 쪽이 더 빠르다!

"다이나스틀 브라스[覇王雷擊陣]!"

번개가 '레조'의 주위… 파사를 관장하는 오망성의 정점 위치에 명중했고 그곳에서 뻗어 나온 번개가 단숨에 그를 엄습했다.

주문과 함께 그는 지팡이를 쳐들었다. 그 순간….

파지직!

지팡이가 소리를 내며 부서졌다.

자체적으로 무언가 마력이 서려 있는 지팡이였겠지만 나의 공격마법과 '레조'의 방어마법 사이의 마력 과부하를 버텨내지 못한 것이다.

'번개'가 '레조'에게 명중했다.

"크아아아아악!"

세 개의 입이 동시에 비명을 질렀다.

뇌격(雷擊)의 진이 튕겨나갔다.

순수한 정신력만으로 나의 술법을 깨뜨린 것이다.

"제법이군!"

다시 일어선 제르의 일격을 피하고 크게 뒤쪽… '신성수' 쪽으로 도약한 그는 주문을 외웠다.

이쪽에선 상대가 외우는 주문의 정체를 전혀 알지 못하므로 도망치는 것 외엔 방법이 없었다.

아까와 마찬가지로 땅을 훑는 술법일지, 아니면 이번엔 공중용 술법일지….

피하지 못하면 이걸로 끝장이다.

에잇…!

나는 각오를 단단히 하고 땅 위에 머물기로 했다.

'레조'의 성격을 모르는 이상, 생각을 읽어내는 것은 무의미하다. 그렇다면 감에 의존할 뿐이다.

"ㅈ!"

적법사의 주문이 완성되었고 그는 크게 양팔을 벌렸다.

그의 몸이 눈부신 하얀 빛을 내뿜었다.

뭐라고 외칠 틈도 없이.

나와 제르는 그 하얀 빛에 휩싸이고 말았다.


빛이 사라졌을 때….

나는 그 자리에 무릎을 꿇었다.

돌아보니 제르가디스 쪽도 비슷한 상태였다.

걱정스럽다는 시선을 보내는 가우리와 란츠에게 나는 한 손을 들어 보였다.

실피르의 모습은 보이지 않았다. 우리들이 싸우고 있는 사이에 이동한 것이리라.

…이제 나 하기 나름인가…?

나는 비틀거리며 일어섰다.

"괜찮아? 제르."

'레조'를 향해 나는 '블레스 블레이드'를 고쳐 쥐었다.

그 뒤쪽으로 '신성수'가 보였다.

"뭐… 아직은…. 하지만 이 녀석은…."

피곤한 기색을 드러내며 그가 말했다.

방금 그 술법 때문이다.

방금 것은 아무래도 '에르메키아 란스'를 극대화시킨 것으로 보인다. 정신에 직접 대미지를 주어 상대의 정신을 일시적으로 쇠약하게 만드는 술법.

물론 여기서 극대화는 위력이 아니라 범위를 말한다. 원래대로라면 빛의 창 모양으로 쏟아지는 것을 빛의 파동으로 방출했던 것이다.

물론 그만큼 위력이 다소 약해져 있어서 일격에 정신 쇠약을 일으키고 쓰러지지는 않았지만 우리들의 마력은 방금 공격으로 상당히 깎이고 말았다.

아무리 쥐어짜도 이제 큰 기술을 한 번 쓸 수 있을까 말까 하는 수준….

제르가디스 쪽도 그리 다를 바 없는 상황일 것이다.

가장 큰 증거는 그가 들고 있는 '빛의 검'.

사람의 의지력을 빛의 칼날 형태로 구현하는 이 무기의 도신 부분은 아까에 비해 상당히 짧아진 상태였다.

"어쨌거나 가자!"

그렇게 말하고 나는 달려갔다.

제르가디스도 도리 없이 나를 따라 달렸다.

괜히 작은 기술을 펼쳐봤자 '레조'에게 가볍게 요리될 뿐이라는 사실을 잘 알고 있었다.

'빛의 검'과 '블레스 블레이드'라면 그를 해치우는 것은 가능하지만 '레조'의 무술은 나와 제르가디스를 압도하고 있었다.

적법사와 엇갈리며 좌우에서 두 사람은 동시에 검을 휘둘렀다.

'레조'는 간단하게 피하면서 제르가디스에게 돌려차기를 날렸다. 제르가디스는 간발의 차이로 간신히 피했고, 우리들은 벌거숭이가 된 '신성수'의 밑동에서 합류했다.

"어떻게 할 생각이야? 설마 아무 생각도 없는 것은 아닐 테지?"

작은 목소리로 중얼거리는 제르가디스.

"내 신호에 맞춰 녀석에게 있는 대로 파이어 볼을 날리고 옆으로 도망쳐."

"알았어…."

아무것도 묻지 않고 그는 고개를 끄덕였다.

"그럼… 간다!"

나는 다시 달려 나갔다.

만약 이걸로 결판이 안 난다면….

"슬슬 끝장을 내볼까요?"

'레조'는 이쪽으로 두 손을 쳐들었다.

"제르!"

나의 신호와 동시에….

여러 발의 빛의 구슬이 '레조'를 향해 잇달아 날아갔다.

"하앗!"

적법사가 왼손을 한 번 휘두르자 그 하나하나가 공중에서 대폭발을 일으켰다.

마력을 직접 방출해서 '파이어 볼'을 격추시킨 것이다.

시야를 뒤덮는 섬광과 연기.

'레조'는 이것이 눈가림이라는 것을 간파했다.

"어리석군."

오른손에 모은 주문을 바로 조금 전까지 내가 있던 장소로 발사한 그는 크게 뒤로 물러섰다.

반응이 없다는 것을 알고 깨달았는지, 아니면 낌새를 눈치챈 건지….

그는 뒤쪽을 돌아보았다.

하지만 이미 늦었다!

그 눈앞에 내 모습이 있었다.

나는 '바람'을 '블레스 브레이드'에 두르고 검을 잡고 있던 손을 놓았다.

그것은 하나의 창이 되어 '레조'의 가슴을 뚫었다!

"크윽!"

검은 자루 부분까지 박혔고 그 여세로 그의 몸은 뒤쪽에 있는 '신성수'에 박혔다.

파이어 볼이 작렬한 순간 나는 '레이 윙'을 써서 적법사의 머리 위로 날아가 뒤쪽으로 돌아갔던 것이다.

마무리!

"아직 안 죽었어!"

외치는 제르가디스.

"이까짓 걸로!"

'레조'는 자신을 꿰뚫은 검에 손을 가져갔다.

내가 던진 '블레스 블레이드'에 관통당했지만 그의 마족으로서의 생명력은 그리 큰 타격을 받지 않았다.

하지만….

"실피르!"

나는 외쳤다.

'신성수' 뒤쪽에서 계속 기다리고 있던 그녀가 나설 차례였다.

꿈틀.

'신성수'가 크게 고동치면서 '레조'의 절규가 황무지로 변한 사일라그에 메아리쳤다.


나의 신호와 동시에 실피르는 '신성수'에 술법을 걸었다.

'리커버리'의 술법을.

언젠가도 말했지만 이것은 대상의 생명력을 활성화시켜 치유속도를 높이는 기술이다.

'신성수'의 세포 하나하나가 활성화되어 떨어져나간 껍질과 가지, 그리고 잎을 재생하기 위한 활동을 시작했다.

하지만 그러기 위해선 대량의 활력이 필요했다.

그 원천이 되는 것… '독기'는 바로 옆에 있었다.

다시 말해 '레조'.


'신성수'는 급속히 회복하고 있었다.

껍질은 순식간에 재생되었고 여기저기서 새싹이 돋아났다. 그 것은 눈 깜작할 사이에 잎이 되고 가지가 되어 뻗어 나갔다.

'레조'의 신음은 서서히 작아졌다.

마족의 생명력의 원천인 독기를 빨려버린 것이다.

말하자면 나무에게 '먹히고' 있는 것.

그렇게 되면 남는 것은 인간으로서의 생명력뿐.

그것도 가슴에 검이 박혀 있었으니….

푸학.

그는 새빨간 피를 토해냈다.

"어… 어째서…."

작은 소리로 그는 신음했다.

"어째서… 제가… 진 겁니까…? 왜… 레조를… 뛰어넘지 못한 겁니까…?"

"모르겠어?"

내 물음에 그는 잠시 침묵하더니….

"저는… 언제나 그의 등만을 바라보고 있었습니다…. 그래서… 그를 뛰어넘을 수 없었던 거죠…."

"그렇게 된 거야."

파사삿….

푸르게 우거진 '신성수'의 잎이 바람에 소리를 냈다.

'레조'는 다시 울컥 피를 토했다.

"묘에는 어떤 이름을 새겨줄까…."

"그런 것은… 필요 없습니다…."

묻는 제르가디스에게 그는 조용한 미소를 보냈다.

"이 나무가… 저의 묘비입니다…."

그렇게 말하고 그는 크게 한숨을 내쉬었다.

나뭇가지가 바람에 흔들렸다.

# 에필로그

"역시 이 근방은 경비도 삼엄하구나."

그렇게 말하며 나는 양고기를 덥석 물었다.

이곳은 성왕국(대체 뭐가 '성(聖)'인지는 모르겠지만) 세이룬의 수도 세이룬 시티에 가까운 어느 마을의 여관.

"꽤 어수선하겠지? 세이룬도⋯."

"하지만 순조롭게 가면 내일쯤엔 세이룬 시티에 도착할 테니⋯⋯."

그렇게 말하는 것은 가우리. 닭고기를 입으로 가져가는 것도 잊지 않는다.

"정말 여러모로 감사했습니다."

갑자기 정색하며 인사를 하는 실피르.

"도중에 여러모로 폐를 끼쳤지만⋯ 이렇게 먼 곳까지 감사했습니다. 가우리 님⋯ 덤으로 리나 님."

이봐⋯.

"아니, 우리도 여러 가지로 신세를 졌으니."

그렇게 말하고 실실 웃는 가우리.

그것은 뭐 분명하다.

사일라그의 그 사건이 마무리된 이후….

정신적으로 가장 큰 충격을 받았던 실피르는 약한 소리 한 마디 하지 않고 열심히 움직여주었다.

근처의 큰 마을에 가서 무언가 복잡한 수속을 거쳐 우리들의 수배를 해제해준 것이다.

살던 마을을 잃어버린 그녀는 친척을 찾아 세이룬 시티로 떠나기로 했는데….

최근 이 근방이 무언가 어수선하고 위험하다고 해서 그녀는 우리들에게 세이룬 시티까지 경호를 부탁했다.

사실 나는 이 의뢰가 내키지 않았다.

전에 한 번 만났던 세이룬의 제1왕위 계승자(실수로라도 왕자라고 부르지는 말도록)가 나는 매우 고역이었다.

하지만 그런 이유로 그녀의 의뢰를 거절할 수도 없어서 여기까지 온 것인데….

란츠는 도중에 '역시 너희들과 있으면 목숨이 몇 개라도 모자랄 것 같아'라며 홀로 훌쩍 떠났고, 제르가디스도 인간의 몸으로 돌아갈 방법을 찾겠다며 다시 어딘가로 모습을 감추었다.

세이룬에 그 방법이 있을지도 모른다고.

그를 유혹했지만 제르는 조용히 고개를 흔들었다.

세이룬을 맨 처음 찾았는데 결국 방법을 찾지 못했다고 한다.

두 사람 모두 잘 지내고 있을까…?

사일라그에서 있었던 사건을 생각할 때마다 뇌리에 반드시 떠오르는 광경이 있었다.

벌판 한가운데서 조용히 바람에 흔들리는 '신성수'.

그 밑동에는 적법사 레조에 의해 생을 얻어 거친 운명을 짊어졌던 이름 모를 남자 하나가 잠들어 있다.

한 자루 검을 묘비 삼아….


— 4권에 계속 —

# 작가 후기

L

또 뵙습니다!

작가로부터 전폭적인 신뢰를 얻어 후기를 맡게 된 L입니다!

응? 벽장 속에 쑤셔 넣은 콘크리트 덩어리는 뭐냐고요?

글쎄요? 저야 모르죠.

작가라면 아아아아아주 잘 알겠지만 지금은 없는 사람이니.

자, 그보다도!

이 신장판으로 이 작품을 처음 접하신 분도, 예전부터 읽어주었던 분도, "「슬레이어즈」에는 왜 이리 안 하고 넘어가는 이야기가 많은 거야?"라는 의문을 품으셨을 겁니다.

대표적인 예로 '고향에 있는 언니'!

그런 의미에서 이번 후기에서는 일전에 작가를 심문… 아니지, 멋진 카페테라스에서 담소를 나눌 때 들은 이야기를 토대로, 그 부분을 해설해볼까 합니다.

…실은 한 마디로 톡 까놓자면 그게 다 복선은 아니고, 일종의 조미료라 하네요.

작가가 디자인 관련 전문학교에 다니던 시절, 일러스트 수업 시간에 동급생이 그린 파티 일러스트를 본 선생님이 "화면에 사람들이 꽉 차있으니, 화면 바깥에 사람이 더 있을 것 같지 않다"라고 평하신 게 기억에 깊이 남았다던가.

즉, 이야기에 등장하는 모든 것을 전부 설명해 버리면 그 세계는 테두리 속에 갇혀 버린다는 거죠.

TV, 만화, 수없이 많은 오락거리 중에 오로지 문자만으로 표현되는 소설, 그런 소설의 최대 무기는 다름 아닌 독자 자신의 상상력.

그러니 고향에 있는 언니, 가우리의 할머니, 이전 가우리가 사일라그에서 얽혀든 사건 등은 독자의 상상력을 자극하기 위한 거라, 작가가 답을 준비할 심산은 아니라고…

폼 잡으며 잠꼬대를 늘어놓긴 하더라만, 제가 보기에는 작품 속에서 해결하는 게 귀찮을 뿐 같아요.

확실하게 드러나지 않은 내용 중에는, 소설 속에서 드러나지 않은 숨겨진 설정이 있는 것, 정말 아무 생각도 안 한 것 등 여러 경우가 있다네요.

실제로 고향에 있는 언니는 단편집에 수록된 거대 후기에서 다뤘습니다.

반대로 이야기가 주인공 1인칭 형태라서 발표하지 못한 이야기도 있는 것 같습니다.

예를 들면 다음 권에 등장할 암살자 즈마.

녀석이 어떤 과거를 가졌는지 작가의 머릿속에는 모든 이야기가 그려져 있는 모양입니다만, 리나의 1인칭 시점에서 갑작스럽게 상대의 과거 이야기를 꺼내는 건 억지스러워서 결국 쓰지 않았다더라고요.

제가 보기엔, 즈마가 과거를 털어놓을 상황을 만들어내지 못한 작가 책임이지만요.

2008년 만들어진 「슬레이어즈」의 새로운 애니메이션 시리즈에 이 즈마가 등장하는데,

그걸 알게 된 작가가 본편에서는 이야기하지 못한 즈마에 관한 설정을 애니메이션 스태프들에게 건넸으니 어쩌면 애니메이션에는 즈마의 이야기가 나왔을지도 모릅니다.

그렇게 꺼낼 수 없었던 에피소드도 있는 반면, 역시 아무 생각 없는 부분도 다수 있는 모양이에요.

예를 들어 과거에 사일라그에서 가우리가 얽혀든 사건.

작가는 이 이야기를 요만큼도 생각해본 적 없답니다.

그러니 이 에피소드가 공개될 거라는 기대는 해봤자 소용없어 보입니다만, 작가가 워낙 맺고 끊는 게 없는 성격인지라 절대 안 나온다고 단언할 수는 없으려나 있으려나.

애당초 작가는 모든 도면을 계획적으로 그려놓기보다, 다음은 어쩌나 생각하면서 쓰는 타입.

소설가 중에는 '머릿속에서 이야기가 쏟아진다'라고 표현하는 분도 계시지만, 이 야무지지 못한 작가는 자기가 대충 뿌려둔 조각을 주워 담아 어떻게 조합해야 이야기가 잘 만들어질지 고민하

는 타입. 이야기꾼보다는 퍼즐을 맞추는 사람이 아닌가 싶네요.

그러니 작가에게 이야기란 '쏟아지는' 것이 아니라 '조합되는' 것인 셈이죠.

다른 시리즈에서는 일단 강력한 적을 내세운 다음, "어떠냐! 강하지, 강하지! 이 녀석은! 그런데 어떻게 해치우지!"라고 고민하는 일도 있다든가, 없다든가.

…아무래도 바보 아닌가, 이 작가….

그러고 보면 이런 식으로 쓰고 있는데도 이 「슬레이어즈」 시리즈가 독자 여러분의 응원을 받는 이야기로 만들어진 건 정말 기적에 가까운 일 아닌가 싶습니다.

기적, 혹은 내가 만들어가는 후기 덕분!

작가가 이 모양이니 에피소드가 떠올라서 그대로 써버렸다, 하는 경우도 있을 겁니다요.

이 3권 부분까지는 작가가 적당적당 써내려간 「슬레이어즈」입니다만, 다음 4권부터 주인공들이 거대한 이야기의 흐름에 휘말려갑니다.

어쩌니 저쩌니 해도 「슬레이어즈」, 다음 4권은 배틀 오브 세이룬!

리나 일행이 세이룬의 왕도 세이룬 시티로 향하는 이야기!

요즘 시대로 빗대면 도쿄 구경?

도쿄 디○니랜드에 가서 "그런데 여긴 도쿄가 아니잖아"라고 툭 개그를 던진다거나, 레인○브리지를 보러 갔다가 우연히 연예

인을 만나서 같이 사진을 찍는,

그런 이벤트가 벌어져도 좋을 것 같은데 그런 내용은 한 줄도 없어!

실망이야아아아아!

어쨌든 대충 그런 페이스의 이야기입니다!

어쩌니 저쩌니 해도 「슬레이어즈」!

그럼 다음 권에 또 만나요!


후기 : 끝

※ 이 책은 이전에 발행되었던 「슬레이어즈3 사일라그의
   요마」를 가필수정한 것입니다.

# 슬레이어즈 3
## 사일라그의 요마

| | |
|---|---|
| **1판 1쇄 발행** | 2020년 5월 15일 |
| **1판 2쇄 발행** | 2020년 11월 24일 |

| | |
|---|---|
| **지은이** | Hajime Kanzaka |
| **일러스트** | Rui Araizumi |
| **옮긴이** | 김영종 |

| | |
|---|---|
| **발행인** | 정욱 |
| **편집인** | 황민호 |
| **본부장** | 박정훈 |
| **마케팅** | 조안나 이유진 이수정 |
| **국제판권** | 이주은 김준혜 |

| | |
|---|---|
| **제작** | 심상운 최택순 성시원 |
| **발행처** | 대원씨아이㈜ |
| **주소** | 서울특별시 용산구 한강대로15길 9-12 |
| **전화** | (02)2071-2018 |
| **팩스** | (02)749-2105 |
| **등록** | 제3-563호 |
| **등록일자** | 1992년 5월 11일 |
| **ISBN** | 979-11-362-3190-1  04830 |

SLAYERS Vol.3: SAIRAGU NO YOMA

ⓒHajime Kanzaka, Rui Araizumi 2008

First published in Japan in 2008 by KADOKAWA CORPORATION, Tokyo.

Korean translation rights arranged with KADOKAWA CORPORATION, Tokyo.